AQUARIUS

AQUARIUS

AQUARIUS

AQUARIUS

每個人心中都有一座島嶼，

藉文字呼息而靜謐，

Island，我們心靈的岸。

成為男人的方法

沈信宏◎著

【推薦序】

受傷時先冰敷，再把瘀血推散

文◎謝凱特（作家）

成為男人，似乎不是這時代會掛在口頭上的事情了。

或至少難以在出版市場看到類似的書名。

也許我們終於迎來各種性別獨特的時代，不必再把傳統男性形象當成核心了；反過來想，也許不把「男人該如何」掛在嘴邊當成指南之後，性別標籤卻像四處蔓生的鬼針草般沾黏在身上而不自知。二〇二一年的此刻，細看架上的出版品，書名像一句句溫柔的話：輕聲耳語跟女人說不夠好也可以，戲謔傾訴自我的非主流不被認同才與眾不同，這些訴求試圖鬆綁性別框架，還原個人的狀態。然而，最需要鬆綁的，總是不見蹤影。鮮少見到男人二字出現在書封上的日子，彷彿異性戀男人無須被指導，也從來都不覺得框架是種巨大的困擾（哪有？看那些論壇總是為房為車為了月收入多少才能結婚而爭吵不休）。

異性戀，已婚，育有一子一女，像信宏這樣被我歸類在直男的人物，或許也像不見蹤跡的書名一樣活得沒有困惑，但更可能的，是他把困惑藏得很深。之所以反身觀看、描摹自我，想必是當今對男人的預設值已經不敷使用，於是試圖鬆動框架、增添選項，調整男人的「身形」。

一個男人該有什麼身形？這對信宏來說不是一個好回答的問題。處在父親缺席的家庭，在小孩的成長記憶裡，男人的身形虛幻化作一個陰影。陰影不僅僅是具體上的漫漶的形象，「像一件摺在衣櫃裡的冬衣，絕冷的時候，他才出現」。陰影也是符號上的，當班上的男同學都開始發育，野性的毛髮自身體各處如叢莽生長，他卻只能偷偷疑惑自己裡外「和其他男人不一樣，是一個退化的人」。沒有人安慰他，跟他說：有一天你也會長成一個男人的身體。陰影更是心理上的，一則母親口中敘述的負面男性形象，「不養家還欠債、抽菸喝酒好賭、有別的女人」。生活的缺口，童年的傷痕，彷彿都是這個缺席的父親一手造成的。「別像你爸爸」，母親一句話，就劃分出一塊暗影般的禁區。於是在這種既沒有可學習的好男性形象，又去不了壞男人禁區，成長完全沒有範本的狀態下，他只能自己摸索出成人之路。

看似記錄成長過程的作品，但這或許更是一本哀悼之書，哀悼沒有父親的，那失落的一塊自我的拼圖。從12、24到36這三輪生命階段的樣貌中，我們得以在字裡行間讀出，作者自母親與親戚那端得到「男人該如何」的負片，卻缺失足夠的能量，只能一邊對自己質疑，一邊武裝男人這副軀殼，一邊還要貶抑自己的父親，彷彿越是用力去貶抑、去討厭，就越能忽視掉自己的渴求。書中令我觸動的一段，是信宏北上探望父親，提及自己過敏一事。多年未曾替家裡付出什麼的父親好不容易找到了施力點，給了一罐中藥粉，叮囑他早晚各吃一匙——父親專程去拿保證痊癒的藥，試圖治癒孩子因自己而帶原的病，但這一罐藥卻極苦，苦到不願吃，放在抽屜裡受潮結塊——聽起來，一切象徵，都在其中矣。而後父親打電話來詢問吃藥情形，聽在作者耳裡不像關心，卻像是有意挑釁。我無意從字裡行間竊取並超譯作者心緒，只是想到，若我是他，也是必定不願接電話的。一個負欠我與家庭甚多的父親，一罐藥粉就想居功自傲？能夠復原我對你的過敏？如此總總拒絕父親的行為背後，有一個矛盾的暗示：你必須做得更多。但就算做得再多，我也不會肯定你，因為，如果我認同了你，那麼我這一路以來對你的否定又算什麼？

然而背道而馳，還不是因為背後有個時時回盼的基準點，逃離才有了方向。這是世上大半帶著傷長大的孩子，都在做的同一件事。

我私心臆測《成為男人的方法》一書，其實是信宏轉過身，對著背後遙遠的陰影，一次勇敢的凝望。沒有英雄，沒有父親手冊，身為男人、丈夫、父親，一切都是對應關係，站定位置後，再學習那些稱謂該有的姿態。寫迷戀鋼鐵人的兒子，身為凡人的父親當然不會張手射出白光而飛行，只能陪兒一起仰望英雄。寫妻子與自己因為跑步而結緣，身為丈夫，卻很晚才發現妻在生活中的退讓是永恆的長跑。我特別喜歡〈是我的美〉裡寫到一個父親如何實現美麗。心裡的小女孩受到壓抑，來不及長大，像藏在衣櫃裡的美麗衣物，來不及穿，就被現實洗壞；於是有了女兒之後更是殫精竭慮地把美感穿戴在她身上，彷彿自己的分身，一場遲來的變裝舞會。（是的，現實中我也常驚喜於信宏總能買到紅紅綠綠的花襯衫穿戴於身，不是為悅己者容，是為己悅而容。此刻，身為父親的他終是回過頭來滿足了過往的缺憾。）

說實話，收到《成為男人的方法》書序邀約，心裡疑惑著，「成為男人」這樣的主題，卻讓一位同志寫序，下意識消遣自己根本牝雞司晨（瞧，多古老又充滿性別標籤的一句成語）。但允許我最後再補述一段：書中記述了一段受傷的段落，信宏看到妹妹摔倒受傷，想起媽媽說瘀青要熱敷，於是用熱毛巾熨貼妹妹的傷口，卻遭妹妹皺眉撥開。

我心想，當然會被撥開。其實受傷時應該要冰敷，先減緩發炎反應與不適感，安撫傷者的情緒，之後的瘀青再熱敷，把瘀血推散。

這個處理過程，根本似一則親子家庭的創傷處理隱喻。

讀到這段，再回頭看看書名，在心裡跟信宏對話起來：沒關係，成為一個男人，你未必要剛強勇莽，但可以更溫柔細膩。

我們都還在學習。

12

你十二歲，
那些已經成為怪物的，你仍親愛的，正等你成為。

24

你二十四歲，
你不確定男人的愛是本能，是模仿，還是鍛鍊。

36

你三十六歲，

你拯救世界的方法是：讓六歲的孩子擁有六歲的爸爸。

12

12

你十二歲，
那些已經成為怪物的，你仍親愛的，正等你成為。

成為男人的方法

小學開始意識到男生女生真的有差別的時候，家裡已經沒有男人了。

我只能每天等媽媽回家，看她煮飯，和她吃飯，一起看綜藝節目，接著再看花系列的連續劇，聽她跟別的阿姨講很久的電話。媽媽為了工作，在家的時間不多，假日時我躺在電視機前一整天，白天沒有媽媽愛看的節目，定頻在卡通台，有時轉台，一下子又逃回來。

爸爸離婚後，收妥行李離家遠走，消失在門外的花花世界。媽媽忘不了爸爸，痛苦的回憶忘記被爸爸打包帶走，反而成為珍藏，她時常拉開檢視，皺眉頭對我說：「別像你爸爸！」嫌他不養家還欠債、抽菸喝酒好賭、有別的女人。

她提醒我，家裡殘破的傷口，像門上的裂洞、慣用杯碗的缺口，我們慘澹的生活，都是爸爸製造的。

她看著我說：「男人，不值得信任。」外婆、阿姨也和媽媽說一樣的話。

男人應該有更悲壯的報應，光消失是不夠的。

那時我最愛看動畫《美少女戰士》，女孩們變身拯救世界、趕走暴力的入侵者，男孩大多旁觀，或像燕尾服蒙面俠，只是支援的配角。那些角色輕易加入我的世界觀，是生活中可能現身的人，我不斷練習將她們畫在紙上，一開始臉歪眼垂，骨架折斜。後來越畫越好，不論是修長版或是Q版，傻氣地自認為已萌生漫畫家的雛形。

我那時只想創造戰士，媽媽常說她維持家計有多辛苦，她因為男人，成為了戰士。

我搜集各個戰士的圖片，仔細觀察架構與線條，想畫出她們的勇猛與英氣。我只是追隨的眼睛和被筆勾住的手，一道坐在電視螢幕外的暗影。

即使到了國中，我的青春期還沒來，遲遲不能長成男人。

我瘦弱矮小，聲音尖細。別人已開始充氣，喉頭突起，肩膀朝兩側架開，撐出骨肉；我仍是一張緊縮的皮。

我擅長獨自一人安坐在漫長的時間裡，從教室地板的光影觀察太陽移動的軌跡，把長長一天凝縮成抛出一顆球的速度。我在位置上讀書、寫作業，午休時盯著雲朵幻變形體，下課時身邊的同學滔滔川流，直到鐘聲響起。

學校很熱，一動就流汗。我不想流汗，制服濕了黏在身上，像毛毛蟲皺軟的皮。如果一直濕著還好，偏偏乾濕轉換時，體熱將騷臭烘出，未至放學，只能困在窄小無風的教室裡，因此體育課後，我總拉上外套。

下課時，只有女孩願意坐在位置上聊天，所以慢慢地，我交到的朋友都是女生。我們圍坐同張桌子，共用話題，翻鉛筆盒，在紙上塗鴉，用同樣的音頻驚呼和大笑。她們紛紛對我說：

「你跟其他男生不一樣。」

一次假日，全班練習啦啦隊舞蹈。外聘的老師叫我們分組，我自然和女孩們站在一起。

老師發現我後，好奇的眼神有如在黑暗中逐漸逼近的打火機光焰，探照一陣，懷疑地問：「你是女生嗎？」

女孩們笑著說：「他不是女生啦。」

男孩們則在另一邊笑，「他不是男生啦！」

最後老師歉疚地微笑，「啊！你長得太秀氣了。男生要一起練男生的部分喔。」撇頭示意我過去。紛沓的笑聲盈耳，我只想踩下那些笑聲逃遠。

我一向和男孩保持距離，怕他們太靠近。

我像意外滾到籃球場的一顆乒乓球，深怕那些在地盤裡渾圓巨大的眼睛發現我身體的殘缺，但我又不敢離開教室。如果我落單，他們實在也沒別的可玩，通常會虛耗一整節下課，嘲弄我，重複「娘」、「人妖」之類的詞彙。

相熟的女孩們像敏弱的羊群，逢亂避遠，不時投來哀憫的目光。男孩是狂奔呼嘯的狼群，隨處掠食，藉由這些能量迅速賁長。我知道追不上，寧可繼續躲在草叢裡，溫吞地咀嚼。

我在青春期變身為美少女，卻還不是戰士，只是沒被行星力量喚醒的平凡制服少女，像《美少女戰士》裡，各有不同性格與家世的主角水野亞美、火野麗、木野真琴。沒有拿到變身權杖、沒有能作為武器射出的髮帶，只能被別人欺負。更像常被老師罵，總是哭泣哀嚎的月野兔，無能建立任何成就感，變身橋段的翩翩彩帶也尚未配樂，將她華麗包覆。

我對那些恐怖的男孩依然好奇，常偷偷觀察，眼神輕易鑽進斜前方張臂寫考卷的同學袖口，他的腋窩裡，已長出割人的牧草叢。

後面同學伸過來的腳，像一株成熟的塊根植物，遍布鬚毛，局部膨大。

站起來收他們桌上的考卷時，眼神滑進領口和嶙峋的肋骨，陽光透射制服的薄布，映照出中央微微凸起的星球與周圍的光暈。

體育課的時候坐在樹影下，看他們的汗水在筋絡起伏的脖子上竄爬。越接近下課，汗水由上而下漸漸透描出完整的身形，寬肩、窄腰，遍布丘陵的下身。看久更好奇，越覺得神祕。

有天，我趁媽媽不在家，撥接網路。

奇異斷續的聲波彷彿帶我下潛到大海裡，窺見隱密的肉體，皺褶與毛髮在潮浪裡舒展。

我發現不只外面，我的裡面也和其他男人不一樣。我真是一個退化的人。不男不女，乳頭癟小，腋下乾荒，下面一點也不光滑濕潤，不像一顆甜美的糖。

媽媽開始看不慣我，嫌我優柔寡斷，說話不夠大聲，整天悶在家裡，不去戶外運動。可能她不信任我即將長成的樣子，或許是因為跟爸爸太像，還是太不像呢？

她帶著我的生辰八字去算命，回來之後，轉述予我。算命老師說我不適合騎機車，容易飆車出事，可能因此截斷一條腿，最好開車。還說我旺桃花，未來常有結婚的勁頭，但最好在三十歲後，否則將外遇，破碎家庭，殃害子女。

媽媽嚮往地將我描繪成一個富裕、沉穩的男人，坐在密閉的車廂裡，冷靜地操控方向與速度，輾過那些年少輕狂、多情浪漫的青春，耐心等候相守一世的對象嫻靜地坐

上副駕駛座。

這樣的男人就是媽媽信任的樣子嗎？

要成為這樣的男人，路程仍遠。我摸黑前行，嘗試摸索出自己的模樣。

●

高中時，那些魯莽的男孩紛紛冷靜下來。我不用再像獵物一般躲藏在邊緣。他們終於看見我，會讀書、寫作，能和很多漂亮的女孩成為無話不談的好友。雖然沒他們長得高，但自認為眼界不同，能透視男孩們未脫的獸性，和好友一起分品列等，像完成一冊百科圖鑑。

和他們對話時，撈不出趣味，就延長沉默，把他們推進喪失回聲的深窟。我不再當那個拋接彩球的小丑。

記得《美少女戰士》有一季開頭，她們剛結束上一季的大戰，遺忘了一切，回歸平凡的學生生活，只有兩隻說話的貓記得她們的身分。但外星魔物再度來襲，迫害城市安寧。貓百般掙扎，決定用魔法喚醒她們。

美少女終究必須成為戰士。
她們有不同的身世，變身的天賦帶她們降生於戰場，生活中時時刻刻都能遭逢敵人。
我也變身美少女戰士，對抗男孩，不再想著和他們一樣。

我的身體仍然長得慢，腿毛長了出來，腋毛無聲無息。但寬頻網路也拓寬了資訊，我查遍每一種關鍵詞，確定自己沒什麼問題。

然而，男孩們紛紛長成高大的叢林，喜歡四處延展枝幹與藤蔓。明明不熟，卻習慣一走來就勾肩搭背，把人往腋窩裡夾。我總是迅速蹲下彈開，像遇到路邊遺留的狗便，避得遠遠的，躲開他們汗濕的衣物與手臂，以及身上濃密揮發的賀爾蒙。體育課結束後，走進教室時，和女同學一起捏高鼻子抗議。

我其實怕我孱弱的身形和仔細塗抹掩藏的成長臭，被他們發現。我的身體不是嚴密護守的聖殿，只像一尾髒汙扭曲的泥鰍。

但我必須高傲地戰鬥，抓準時機，不能示弱。

即使看似厭憎，我依然習慣觀察，比較我們之間的差別。旁人發現了，以性別氣質

佐證，私下謠傳我喜歡男孩。

男孩開始嫌惡地閃躲我的眼神。女孩則是怯怯的，曖昧地欲言又止，似乎決定貼心地替我保密。

我不曾愛上誰，我只熟悉自己的身體，微弱的慾望，如火柴在手掌的掩閉下燃燒。反正不像男生，又不是女生，熱情不像煙火追燃在異性身後，在年輕的眼裡就只能是同性戀，當時最適宜流放背叛者的位置。

●

大學之後，男孩女孩們好不容易褪除家長和課業的外衣，愛情的體質終於裸露出來。男女之間不甘只是朋友，稍微靠近就擦出火花；再多走一段，便牽起彼此的手，眾人開始忙著愛情。男性的魅力忙著用以征服女性，不再需要壓制同性。

我若要擊敗他們，繼續和女孩交朋友，就得跟風談場戀愛，甚至越多越好。

嘗試之後，我發現我也能吸引異性。可能我和其他男生不太一樣，有如一座彼端滲光的幽隱山洞。

時常騎車載女友去逛街、看電影，喜歡在機車上和女友聊天。和朋友不一樣的是，多了被碰觸時，心跳加速的感覺。

駕駛必須直視前方。看不見對方，觸覺變得敏感，像是手指貼在腰際的微溫與輕震，或是煞車時，推至背上的肉感漣漪。

可是我討厭接吻，和其他更深入的接觸，所以盡量避免製造安靜獨處的時刻。若我敞開身體，女友的前男友與未來的男友們，似乎也擠在她眼裡旁觀。對此，在慾望到來之前，我只感到畏懼。

如果想探索他人的身體，代表自己的身體也必須被探索。

可能是記著算命老師的話，放慢了步調，讓愛情的飛機遲遲不放下降落的輪架。即使我沒離開，她們卻陸續向我分手。

我好像在跟她們玩鬼捉人。當她們追上我，手燙上我的身體，見我冰冷僵直，毫無反應，就驚恐奔逃，只剩我繼續扮演孤單的鬼。

我不再想跟其他人一樣過著熱鬧的戀愛生活，像沒完沒了的煙火大會，聲音、火光、色彩連番吞沒黑暗，不能落拍。其實無聲無光，無人聞問，也沒什麼不好，我怎

麼竟像是美少女戰士被偷走了純真之心，陷入無法控制的昏迷。那些王子公主、屈膝討好、展現男子氣概的貴族時光，也像是一場讓人越睡越累的噩夢。

像媽媽一樣厭棄男人，讓我變成了這樣奇怪的物種。

媽媽也一樣奇怪，不知道從何時開始，不再溫柔，嚴厲冷酷，武斷而寡言，每一個說出口的字都是利箭，或許正是她一直想要我成為的樣子。

●

年紀越來越大，美少女褪下了水手服。

年輕的戰爭都已寫成史蹟。我們像大量郵寄的信件，被丟入分配好的框格，不相干擾，各自前行。我安穩活過三十歲，穩定工作，買車買房，定期運動，穩穩地走上結婚的路，甚至生養小孩。

不論以前被笑成怎樣的女孩，成為父親，就代表擁有伴侶、生殖能力，還有扶養的經濟實力。貨真價實的男人，不用再觀察，也不再有人質疑，落實了媽媽請人捏算的命數。

大功告成，媽媽的空巢改建為獨戶，不知道是誰先開始的，我們變得更加疏遠，她終於能夠終止她的角色。

我發現真正該對抗的是她。她在幕後設計這場遊戲，安排難關，逼我蒐集所有寶物，練高等級。她讓我在任務中充滿困惑，自己卻過分忙碌，我始終得不到解答。

為什麼她討厭男人，卻又逼我成為男人？

我成為的是男人？還是她？

為什麼她是母親，近在身邊，卻跟遙遠的父親一樣疏離？

或許真的有那種好的男人，但我該如何成為？

闖到她的最後一關，看清楚母親的模樣，以男人的高度越過她的眼睛，前方卻是毫無程式編碼的空白，連邊界也沒有。我想像她會聳聳肩說：

「你是男人，該自己承擔了。」

● 要學做父親，每天困在家庭和職場中，缺乏觀察的對象。最親近的，只有岳父。

孩子出生後，託給退休的岳父母照顧，由我負責開車接送。除了假日，每天和他們見面。

岳父寡言，但觀察敏微，說話大多是為了揪岳母毛病，兩人時常臭臉相向。他需要距離，常在二樓的客廳自己泡茶看電視，坐在陽台的靠椅上發呆。他有戒不掉的菸癮，和孩子玩到一半，或是吃飯中途，逕自走到門外蹲著抽菸。岳母怕孩子沾染殘留的菸味，總叨煩他是否漱口、洗手。

岳母和妻子都覺得他個性古怪，高深莫測，老了更嚴重。

有天駕車回家的路上，發生車禍，被沒有注意路況的迴轉車輕微擦撞了。下車後，我決定先擺出生氣的臉孔，拉高氣勢。對方是個看起來跟我差不多年紀的女人，她以為我嚇傻了才繃著臉，誠懇地向我道歉，我反而不知該如何回應。等警察來的時候，打電話回妻子家，藉機逃避與女人的互動。岳父接的，向他報告狀況，可能晚點才能接到孩子。

沒多久，岳父出現了，我介紹他是我爸爸，對方轉而和他談話。我默默站在一邊。不像我的尷尬，他自在談笑，穩重大氣，交換訊息，藉機刺探對方的底細。

對方不時稱我是他兒子，後來他終於受不了，澄清「不是兒子，是女婿」，然後避開我，到遠方抽菸，但尖銳的眼神緊勾住我，好像怕我一不小心露出什麼破綻。

對方繼續找我說話。他們已經知道我是父親、教職、三十出頭的男人，還想問更多，但我突然什麼話都接不上了。

不知如何表現出我該有的樣子。我又變回孤獨地困在座位上的男孩，想退開一些，怕身上的祕密被他們聞到。

處理完之後，兒子看到我進門，興奮地喊：「爸爸！」

兒子在客廳騎滑步車，剛學會便衝得快又平穩。我走到他行駛的路線上，他大聲喊「走開」。岳母糾正孩子的用詞，注視著他，得意的眼神裡仍有一些擔憂，意有所指地說：「騎這麼快，好危險。不知道是學誰的？」

我趕緊回答：「我沒有開很快。是對方出錯，沒注意到我。」

兒子停下腳步，用天真的語氣說：「你要開慢一點，不可以闖紅燈！」

因為時間很晚了，趕緊離開，把兒子接上車。他看到車子的凹損和刮痕，露出心疼的表情。

在車上，他一直左右張望，瞪大眼睛問：「你有慢慢開嗎？」

經過紅綠燈就問：「你有闖紅燈嗎？」

我跟他道歉，保證車很快修好，回復成新的一樣，我以後也會做一個好駕駛，他才漸漸不那麼焦慮。

一直以來觀察他人，只是把眼神長長地拉成別人的影子，一人疊過一人，再也找不到能夠建造自我的基地。或許男人其實都像我一樣自卑，經歷長時間的地殼推擠，自陸塊崩坍，漂成一座無法輕易抵達，遠遠看來崎嶇高聳的孤島。

孩子純淨的眼睛是鏡子，我終能捧回自己流逝的倒影，看見一個真實的男人和父親。

兒子出生後，我們曾替他算命起名，算命師說的話，我完全不記得了。我已走入當初那個算命師鐵口斷下的未來。他只需此刻安穩，毋須像我過去一樣焦急偷覷未來的模樣。

但我們替他在命數篩選的字叢裡，挑揀了一個關於樹的名字。長成一棵樹，無妨吧？高矮胖瘦，開花落葉，樹有各種形貌，枝條總朝著陽光生長。

從此以後，我也將成為樹，或是安全駕駛，有時則是美少女戰士，擁有無限次變身的機會，無疑地，這就是成為更好的男人的方法。

狗狗猩猩大冒險

我和妹妹小時候常兩個人在家。我跟她差十歲，必須做她的保母，即使在她不滿一歲的時候。

媽媽若假日值班，爸爸照往例是不存在的，不是出門喝酒，就是醉沉沉地在家昏睡。我正是愛玩的年紀，妹妹卻像爸媽強披在我身上的外套，玩熱了，我就想脫掉。

●

有天下午，鄰居在公寓樓下喊我一起出去玩。我輕聲走進房內。妹妹睡了幾個小時了；爸爸早上才回家，睡得正熟，窗戶打開，房間依然溢滿酒氣。我靠近時，妹妹突然睜開眼睛，炯炯有神地盯著我，我轉身想逃，但她的叫聲染上哭腔，將我拉進一條空洞的甬道，彼端大水即將湧灌而來。

我抱著她拍撫，安靜地走出房門。

又是一場新任務。

我想起剛剛看的電視節目，主人指派一隻叫「小龐」的黑猩猩和叫「詹姆士」的鬥牛犬，像人類孩童一般出任務，例如買蛋糕、做料理、擠牛奶、打掃之類必定出錯的繁瑣工作。即使牠們不會說話，但經過訓練的猩猩如人類一般的精細動作，笨拙地摸索與嘗試，充滿情緒的表情配上生動旁白與擬人心聲的字幕，總讓觀眾一起為牠們的任務而感到緊張。

我決定帶妹妹一起下去玩，帶了她的小竹椅，像餐座，能將坐著的她環繞包圍，有些高度，腳勾不到地。

鄰居的小孩正在玩鬼捉人。樓下中間有一小塊空地，更外圍有四五輛車，我將她放在某輛車的後車廂上，若放在地上，怕她被撞倒。妹妹沒有哭鬧，眼珠子盯著跑來跑去的我們轉，聽到我們尖叫便也跟著尖笑。

我覺得這真是完美的安排，我可以自在奔跑，妹妹也能出來透氣。但如果我們前方有一片隱形的螢幕，螢幕後有觀眾和旁白，一定正不斷跳腳，想提醒我們即將發生的危機。

像當時看的那一集，小龐將好不容易買到的草莓蛋糕拖在地上走了好長一段路。旁白遺憾地說：「欸，小龐，這樣蛋糕會壞掉啦。」但牠仍歡快地牽著狗，屈膝蹬腳向前跑。後來送給生日的小女孩，果然已爛成一團，草莓淹沒在白色的奶油和豔黃色的蛋糕裡。

***

我專心遊戲，躲在一輛機車旁邊，不想被捉到，所以縮著頭。突然聽到妹妹淒厲的哭聲，我趕緊探出頭，發現椅子掉落，她的臉朝下躺在地上，腿還勾在椅子裡，使力踢卻掙脫不開。妹妹何時晃動了椅子？還是後車廂不平坦，或是椅子重心不穩？我什麼都沒看到。

同伴們嚇傻了，定在各自的位置，遊戲暫時停止。

我跑過鬼的身邊，將妹妹抱起來。她變成斷斷續續地哭，有如忘記怎麼哭喊，有時只是驚恐抽氣，瞪大眼不知看向何方，汗珠一下就浸濕頭髮。我聽見頭上公寓的陽台有一些人推開門、趿著拖鞋走踏的聲音，我完全不敢抬頭看。

兩隻動物如何能獨立冒險？或許觀眾正是期待牠們出錯。女孩打開蛋糕之後，露出遺憾的表情。猩猩慚愧地低頭，悲傷的配樂適時出現。

「看吧，小龐，裡面的蛋糕已經不成形了。」

一切都是牠們主人的精心設計，獲取收視率的手段。主人宮澤先生派下任務，充分指導後，就讓牠們自行出發。宮澤先生其實始終憂心地躲在旁邊觀察牠們，如果牠們一再失敗，鏡頭會特別放大他焦慮的神色和肢體動作，嘴裡碎碎念著許多牠們聽不到的指示。可能不想讓觀眾覺得他把這兩隻動物不負責任地丟入人群，而是仍受到安全的監視與保護吧。

可是，不管牠們闖了多少禍，宮澤先生始終不會真的現身協助。事實上，牠們依然孤獨地自食己力，一再摸索成功的方法。

他只是站在終點，露出燦爛而欣慰的微笑迎接牠們，配上溫馨的配樂，有如扮演一

個默默守候的父親。

那集的最後，女孩打起精神不再在意，感謝猩猩的努力之後，宮澤先生便寬容地拍拍猩猩的頭，推牠去和女孩擁抱。

妹妹摔落之後，我看看手錶，媽媽很久之後才會回家。爸爸剛剛騎車出門。

我抱妹妹衝進了沒有任何目光包圍的樓梯間。

她一度閉眼，頭向後仰。我仔細檢查，發現額角撞凹一處，印上了柏油路面的顆粒紋路，像被用力捏壞的黏土。我不知該怎麼做，只能拍她的臉，在耳邊喚她，一直把她抱在胸前，注意她的狀況。後來她越哭越用力，哭得滿身大汗，我反而安心下來。媽媽以前曾說瘀青要熱敷，能化開瘀血，於是我拿熱毛巾壓住她的額頭，她卻總皺眉撥開。

***

媽媽在晚餐時間回到家。妹妹的頭脹凸出小丘，又紅又黑。

我先前已慌張地和媽媽通過電話，她看過後，還是只淡淡地說：「還好啦，沒事。」便趕進廚房準備晚餐。

晚上媽媽公司尾牙。她說：「妹妹得繼續麻煩你，可能會拖到很晚。要餵的飯在桌上，洗澡哄睡你都做過，而且做得很好。」

出門前，她摸摸我的頭，真誠地說：「你真是個好哥哥！」

我抱著妹妹，微笑點頭，擺出安然從容的姿態。

當時看節目時，我只隱隱察覺異狀，長大後查資料才知道——猩猩咧嘴微笑，其實代表恐懼的情緒。

鏡頭前面親人可愛的小龐做出怪異滑稽的動作，或許是因為找不到主人，感到孤單而想求助。牠總牽著詹姆士，像緊密相依的親兄弟，或許牠其實是累積了太多挫折，不相信任何人，不願再面對接連而來的任務，所以用手中的繩索勒住這條緊追不捨的狗，狠狠將牠拖行在地。

詹姆士的牽繩每每被粗心的小龐遺忘。小龐自己離開時，詹姆士總癱坐原地，一條腿無力地斜擺，露出鬥牛犬嘴角下垂的寂寞表情。但或許牠心裡正在歡呼，根本不想

被繩子綁縛。主人不在身邊，牠只想自在奔跑，四處嗅聞以占領地盤吧？

錄影結束之後，牠們回到宮澤先生的動物園裡，會做些什麼事呢？立刻展開下一次任務的練習？鏡頭沒拍到。可以確定的是——牠們屬於不同種類，不可能同住在一個籠子裡。

終於可以休息的夜裡，牠們各自窩起身子，在不同角落的陰影中沉沉睡去，做著太過疲憊的夢。

***

那天晚上，妹妹可能嚇到了，或是傷口隱隱作痛，睡一下就哭醒了討抱。我只好將她揹在身後，彎晃著腰在客廳慢走，一邊觀看轉小音量的連續劇，讓她在我身上睡久、睡熟之後再放下。

她回到床上時，連續劇已經播完，剛洗完澡的我又全身汗。我蹲在床邊拍她，怕她又不安地哭鬧不休。看著她頭上的傷口，擔心她軟嫩的頭是不是被我震壞了，腦內複雜織結的網絡紛紛碎裂。

明知爸媽不在時，我必須寸步不離地守候著她，幼稚的我卻做不到。或許此後妹妹將不再能夠忍受被任何人拋下，一旦孤單一人，她的額角便記起抽痛的感覺。

我離開妹妹，把門關上，房裡沉入黑暗。

我不敢再去洗澡，浴室就在妹妹睡覺的房間裡，水聲會吵醒她。我不敢穿過無光的廚房和走廊，到後面的書房寫作業。家裡沒大人的時候，鬼將伺機入侵，陰著臉浮在角落準備嚇我。好險我已提前洗完碗。汗漸漸蒸發，我發冷顫抖，不斷有冷風吹來，摩擦出怪異的聲響。我的眼神不敢亂飄，不再隨意走動，雞皮疙瘩隨著想像起伏。

我坐在客廳冰涼的地上，搬張板凳當桌子寫作業，電視開著沒看，讓喧嘩的人影在頭上流轉。我越寫越想睡。

但我必須撐到媽媽回家，親耳聽見她對我當晚表現的稱讚。

我的頭沉落，手長出意志自己寫個不停，完全沒聽到媽媽開門。抬頭瞥見迷濛人影，嚇到大叫一聲，以為是打扮豔麗的鬼，頓覺這裡是鬼域，不是讓我安心的家。

網路資料標明節目做兩季就收了，因為爭議不斷。有人投訴猩猩的工時過長，剝奪牠繁殖成長的時間。沒寫出詳細的原因，當時我甚至沒察覺節目停了。日本綜藝節目在台灣播放時，頻道往往只買幾集，播一陣子就換上別的節目，或不斷重播，時日一久，便被人淡忘。

小龐和詹姆士不用再被牽繩綁在一起，依循固定的劇本和套數，配合旁白上演無言的內心戲。牠們走出鏡頭，穿過手持不同器材的工作人員，回到宮澤先生的動物園，固定在假日公演。牠們有更多時間，自由自在地做回動物。

我們家也像是一檔做不久的節目，班底成員陸續離開，各自找到比以前更寬廣的空間。

爸媽理所當然地離婚了。爸爸飛回自由的天空；媽媽負責養育我們，加倍忙碌。我比妹妹更快長大，結婚後搬出家裡，組織了完整的家庭。妹妹考上大學，搬到宿舍，獨立自主地生活。

家裡只剩媽媽一個人，她繼續工作，但不用再為我們趕時間煮飯和做家事。她很少開伙，省麻煩，又可以瘦身。她用充裕的時間重建生活的秩序。

有次假日，我和妹妹同時回家。

妻子已達懷孕後期，挺著大肚子，呼吸被擠得急促而響亮。妹妹體型瘦削，依然留著遮眉蓋眼的齊瀏海，穿著慣穿的國中運動服，抱膝窩在椅子裡，躲開時間的風浪，像個小孩安靜地聽我們說話。

媽媽跟妻子聊很多懷孕生產的事。她回憶懷我的時候，曾被車撞落大溝，機車都變形了，但胎兒沒事。她的腿倒是斷了，打上石膏，一個人在醫院裡養傷，爸爸始終都沒有出現。

她又想起懷妹妹的時候，和爸爸見面就吵，兩人關係已至盡頭。他很少回家，像是欠了全世界的錢。生活非常艱困，她曾想把妹妹拿掉，但已拿過一個，就咬牙生了下來。

「別像你爸爸，不負責任。」媽媽轉頭對我說。

然後她突然像想起什麼，得意地對妻子說：「他小時候都會幫我照顧妹妹，很有經驗，應該會是好爸爸啦。」

我打了一個呵欠，妻子突然抓著我的腿，我嚇一跳，以為是一隻躲在椅下探手的鬼。但她只是朝我露出安心的微笑。餘悸猶存，只笑得我心裡發寒。

等媽媽去廚房準備晚餐時，我們和妹妹聊天，我提起我曾撞傷妹妹的頭。妹妹聽我說過，掀開瀏海，指向正確的部位，沒留下任何痕跡。

我接著問媽媽有沒有給她生活費，妹妹搖頭說她不需要，靠自己打工賺錢。妻子問她都吃些什麼，她說她不重吃，也不常吃晚餐。我們訝異地勸她好好吃飯，別為省錢苛待自己。她點點頭，全身的骨頭都在搖顫，眼前似乎只是瘦弱的軀殼。

她的靈魂被遺棄在異鄉，孤獨草率地飄盪。

最近陸續看到小龐和詹姆士的新聞。小龐發情攻擊工作人員，所以提早退休，不再演出。因為長年被逼著表演，牠終究不信任人類吧。脫下招牌的吊帶褲，牠被展示在透明的櫥窗裡，喝水、睡覺、玩耍等所有生活細節，全被眾人貼近觀賞。

懷舊的日本人為老朽虛弱的詹姆士製播了特別節目，讓寵物溝通師解讀牠的心聲——牠知道不能和小龐重逢，因此希望能得到小龐的衣服，回憶牠的味道。牠死後才完成這項心願，衣服整齊地摺在供桌上。

沒想到牠最後真的永遠被小龐丟下，遺照裡垂下嘴，空留一臉落寞。

我想起妹妹受傷時，我慌亂自責地站在幽暗無聲的樓梯間，想知道到底有多痛，會不會死，頭朝牆壁狠撞幾下，只有一陣暈眩。後來妹妹渾身火燙，我以為她發燒了，立刻用我撞痛的額頭貼上妹妹的。

或許就在那一刻，我們兩人凹陷的地方奇異地黏成一顆球，向內掉進各自的身體裡。然後妹妹開始嚎哭，我慌亂地遺忘所有溫度。

即使長大後，離開家，傷口復元，身體堅硬如鐵，那顆球還在我們身體裡叮叮噹噹地滾動，有如招魂的鈴聲。

50

魔神仔負責去

我不記得爸爸什麼時候消失在家裡的。

沒有明確的時間點。

他通常不在家，夜不歸眠，也不願現形在陽光下。出現的通常是一些遺跡：凌亂的枕被，更換擺放角度的牙刷，隱約的腳氣。或許就像媽媽說的，他有另一盞點亮他黑夜的燈，另一具溫熱的身體，甚至是另一張仰望他的小臉。

他和媽媽洶湧的戰爭已經都平息了。媽媽填好了離婚協議書，收在抽屜裡，卻還讓他拿著鑰匙，自由使用家裡的物品。

他像一隻棲居在配偶欄的蚊子，吸著血，當媽媽舉高手掌，他就脹著紅腹飛開。他將自己寄放在這裡，像一件摺在衣櫃裡的冬衣，絕冷的時候，他才出現。媽媽早知道留不住他；後來也知道趕不走他，就隨他進出。

我們很快地撫平了生活的皺褶，不再有激烈的情緒在上面翻滾。媽媽本來就為了生計兼職，不常在家。我本來就按學期行事曆上學、考試，分擔家務。妹妹繼續是個未入學的幼兒，在外婆家生活。

相較之下，他的世界有擁擠的人物與場景，情人、債主、酒友、牌搭……自然會編寫出複雜的劇情。

電視裡有些頻道永遠不會切過去看，過了許久，才發現已經被有線電視業者直接刪除了。

爸爸也是。

有天聽媽媽在電話裡的對談，才知道她終於成功離了婚。偷翻她的抽屜，再也找不到那張協議書，不知何時備齊簽名出發了。再多翻找，也才發現爸爸的東西少了一些。過幾天，媽媽才把爸爸的東西裝袋，放在門邊，看似不急著丟。我再留意的時候，已經不見了。

生活變得更平順自然，像推開一捆柔滑的布料。那時我快要從小學畢業，連學校的資料都不用改，那個爸爸就被安靜地留在已用了六年的資料卡裡，被學校穿入雙孔資料夾，列冊保管。

●

進入國中之後，腦中激發更多突觸，神經感知更細密。瞇著眼，能看見平和的生活被推擠、拉扯，露出試圖遮掩的真相。

學校教我們比較、競爭。我的文科比數理科好；這次月考的成績比上一次好；參照群體如蕈菇成叢冒出——班級、年級、整個高雄區、全國。

不只成績。矮的人坐前排，娘的人被譏嘲人妖，最少朋友的人被排擠。我只有成績擠在前面，作文寫得好，但有更多競賽項目需要爸爸一同參加。少了爸爸的人，PR值僅餘五十。比如說：我討厭和爸爸一樣會滿口髒話的男生，就和女孩們混在一起。

青春期的賀爾蒙大浪拍湧，我遷徙孤島，離群索居，卻仍然輸給男生。他們像蕩臂跳樹的猴，就想要將人一起撲落。我明白我再也活不出自然而完足的姿態。

那一陣子，流行「紅衣小女孩」的影片。山裡的魔神仔幻化人形，漆黑無底的眼珠，鼻梁凹陷，面色慘綠，在隊伍尾端誘人迷途，甚至勾去他人魂魄。我聽這些魔神仔的故事時，總特別留意消失者家人的反應，有的是著急尋找，動用警消協尋，或是求神問卜，追隨喃咒的旗鈴，在深山裡合掌苦行。

爸爸是不是也被魔神仔帶走了？

他可能被偽裝的女子或孩童騙走了，正蹲在某座深山裡，扒吃泥土，幻想是在甜蜜的新家享用大餐。

或許應該去把苦苦受害的他找回來。但我們家不曾有絲毫急躁，反而因為他不尋常的離開，而恢復尋常。

我卻漸漸能夠察覺不自然的地方。媽媽將兩倍的氣力投注到生活中燃燒，燒空之後，噴出忿恨的焦氣像遲打的鐘聲，她開始向我陰狠地咒罵爸爸。我的心裡也被栽培了恨意，生長在他留下的所有裂痕裡。

妹妹完全不記得爸爸。大了妹妹十歲的我，和她有最類似的作息，每天由我管教，因此她萌生與我同樣尖銳的枝枒。我早早就看出她將擁有比我更獨立的骨架，因為她完整地活在我的殘缺裡。

爸爸走了，我們的心魂私自分神去追，變得像是內裡生蟲的水果。我們才是找不到回家的路，喪失記憶的失蹤者。

他預謀消失，而且要消失得無知無覺。他刻意安插空缺，緩緩挪開空間，疏通空氣的密度，讓日日生活在家中的我們自然習慣，他的聲音與臉孔將被記憶的浪刷平。他的東西每天擺在原位，浴室鏡前的牙刷和漱口杯、毛巾，鞋櫃裡的室內拖，摺在床尾的棉被，沒有挪動，反而漸漸從視野裡消失。他仍不時出現，但太久沒有相處，他就像一張脫膠的貼紙，先剝落，在氣流中晃動，最後只剩一面斑駁的白底。

他是魔神仔，愛作弄人的山魈魍魎，竊笑著化作人形，叫我們的名字，把本該負在我們身上的責任偷去——這是他獨特的負責方式。我們的記憶再壓不住他的身形，他像是腦子裡的一顆氣泡，緩緩上騰，在空氣裡無聲爆裂。我們看似尋常，其實喪魂驚懼，迷走山野，踩回生活的每個腳步都隱約顫抖。

後來輾轉聽說爸爸在桃園，他真的變成一則偶傳的異聞。對高雄來說，那甚至比常聽見的台北還要遙遠，只知道是有機場的城市，該有更多來來去去的人讓他輕鬆地將責任拐走。

我和同學們有次一起去小港機場附近的田野小路邊看飛機。我們坐在水溝邊，同學紛紛說他們坐過哪一家航空公司，那些巨大的符號各自象徵不同的餐食、制服與美女類型，興奮地指著正要升空的飛機說就是他們搭乘過的，他們兒時至今的旅行回憶，也在口中繽紛飛揚。

原來爸爸在我小時候，也預先把我此時的存在感偷走了，乘著飛機降落到桃園機場。

我後來成為父親，能力足夠便趕緊帶小孩出國旅行。

他們在候機室看到更近的飛機，不為別人飛遠，就靜靜地候在原地，等他們穿進它的肚腹，沉壓出起飛的訊號。我為孩子繫上安全帶，逼他們坐穩、安靜，提醒他們氣壓的變化，水瓶可能在重啟時濺射。到任何異域，須將孩子牽好，否則孩子將會失去重量，不安地奔竄遠飛。

我下意識覺得，身為父親必須時時鎮壓他們，牽扯開條條束縛，在他們的空白，塗抹深深淺淺的記憶。

直到被叫喚為爸爸，我找回自己的名字，看清前行的路徑。被偷走的責任，我重重地放回他們身上。我們的家負彼此的責，互相指引、扶攜，走過重重荒山野嶺。

●

近來新聞仍時常有健行或採筍的老人，在山中消失。魔神仔用昆蟲、牛糞或樹枝，偽造奢華的招待，熱鬧的家家酒方可無盡延長。當地人用敲擊巨響的方式嚇跑魔神仔，讓失蹤者更快被尋獲。

魔神仔慣用幻術武裝自己的膽小，在遠方繼續負責寂寞的惡作劇。即使做出那些綁架、誘拐的惡事，也因亦魔亦神，便不被罪咎縛實。

爸爸同樣負重若輕一如往日，繼續被輾轉流傳成遙遠的鬼故事。他不再被記憶為爸爸，永遠是個人人畏斥的魔神仔，變異出各式版本與形象——茅山術士、紅衣女子、養小鬼的蠱師、吹笛人、神隱或毛猴。

有種說法，影片若掛在網上，任人點閱，便能將紅衣小女孩的詛咒重複播放，複製傷人的厄運。所以我們家絕不說虛幻的鬼故事，不曾提起任何亡靈或消失的人。

一日一日，我們熱切地在家裡叫嚷彼此，一同踏下生活的步伐。

缺口

母親在沙發上睡著了。

電視開著，母親睡著之前，在看談話節目，幾個人持續搜求話題，有如用力撐篙滑過一小時漫長的航程。我也坐在客廳的另一張椅子裡，和母親毫無對話地看著。

我小聲靠近沉睡的母親，盯視她墜斜的頭面。她的五官塌陷在極深沉的疲憊中，手在睡著後仍握住遙控器，幾隻手指微微鬆脫，像一條條乾裂的黏土。

從兩個不同的上班地點歸來之後，母親總在不經意睡著之前，收看著沒完沒了的電視。

此時關掉電視，母親反而會醒來。她習慣這樣喧鬧的環境，喧鬧的睡眠。

電視的聲音在我身後像一個沒有旋緊的水龍頭繼續流動。母親的嘴巴微張。我覺得聲音的水流會灌到母親口裡，然後再滿溢出來，那就會像是母親正在說著電視裡的話一樣。

我跟她很久沒說話了。記得上一次說話，是為了跟她要這個月的補習費，簡短幾句，不帶情緒。我必須在每個想要開口的時候，莫名地說服自己討厭母親，我才能和她若無其事地對話。

此刻我卻能仔細端視母親深睡的面容，一邊仔細聽著從她乾燥的口形裡冒出的電視聲響。聽著聽著，母親好像真的在對我說話。

正好談到她最近在大陸拍了一部古裝武打大戲，明晚八點就要播出了，聽起來十分興奮。

「請大家一定要準時收看喔！」

母親睡得很沉，轉了個身，喉嚨深處發出咕嚕聲。

假日的時候，我總是一個人坐在電視前面一個下午。母親一樣要上班。電視敷衍地陳列重播的畫面，那些畫面總在觸及我眼球的彎弧之後，緩緩崩落至眼睛深處，於是嘈亂的聲音便留在原地失重飄移，像被擠壓的奶油，從電視兩側無數的喇叭小黑孔，無力地軟垂下來。

睡意襲上我疲憊的眼睛。那些紛雜的聲音如積水，漸漸囤積在耳蝸，時間將它們無止境地增厚拉長，直到我整個身體皆被龐雜的聲音含進嘴裡。

聲音好多好多，我從裡面聽見他們的聲音。

***

我在一間教室裡面，熾烈的光熱刺透蔥綠的窗簾，照得褐黃桌面熱烘烘的。風一陣一陣地拂擺厚重的窗簾，陽光在我眼前不時亮滅。

聲音開始包圍過來，我不能呼吸。課本攤在桌上，那些鉛字歪扭欹斜的像是被大

水沖垮的牆柱，教室蒙上霧濛濛的水影。我沉到水底，慌亂地噴吐著大大小小的氣泡。

我回頭看見同學聚集在後面，圍成私密而堅厚的圓，不停製造一顆顆閃現邪魅光影的小水泡。我無法抗拒，只能任由耳朵的凹槽將那一顆顆水泡吸附而來，像戴上珍珠耳飾，然後滾進耳裡爆裂。

（他沒有爸爸。）

同學們青春爽朗的笑聲沾染著敞亮的光。每次我聽見我的名字的時候，不論哪個方向，我覷到的都是令人睜不開眼的大片逆光。我只能不斷聽見我的名字如同排球被高高低低地或舉或拍，最後被重重地彈落在無人的角落，力道漸衰直到無聲。

我聽不見自己的聲音。

我站起身，走到教室後方，推開那些張大口腔的人一同結出的圓，發現我屈辱地仰躺在中央，穿著泥汙殘破的制服。所有的光皆被那一整片音響牆般的人影吸納殆盡。我被黑暗磨去了稜角與聲線，那樣的我多像自深水被突兀釣起的畸怪魚形，嘴無聲開合。

地面突然張開一個深黑無底的缺口，我往下墜，越沉越深。我誇張扭動自己的四肢，將那些幽幽浮盪在我身側的無數小水泡給揮散擊破。於是那些聲音像是炸開的煙花，火光星散後拉出長長的殘影疾落，最後成為灰燼灑落在我身側。但我仍聽見灰燼裡傳出遙遠模糊、受干擾般嘶嘶作響的微音。

***

我睡醒之後，電視停在音樂台，正播送樂團的最新主打。音量過大，以至於所有樂器像是全被砸到地上一樣。

黃昏的光自窗外射入，外面道路湧來車潮流動的聲音，此起彼落的喇叭聲就好像有人在遠方來來回回地運球。六點垃圾車的音樂像是一條隱形的絲線反覆迴繞這塊區域，勒緊再勒緊，非要使所有的住戶都咳吐出一袋袋垃圾為止。

我拿起遙控器轉到娛樂新聞，主持人在畫面裡賣力展現口才。我將音量再度調大，直到聲音能直接貫穿我的耳朵，讓主持人有如在我身邊，親密地對我說話。

娛樂新聞結束之後，來到晚上七點，母親已經下班，並且快要到家了。

每個早晨，母親有如被重新迴帶的影片一般，在我尚未醒透的時刻騎上機車，匆忙地趕赴遙遠的工作場所。

直到公寓裡其他緜密相間的窗口紛紛在昏黃的夜色中，或濃或疏地流洩出新鮮菜肴的熱氣，母親才又跨上機車，寂寂駛過褪去尖峰車潮而顯得鬆弛的路道。

我將電視轉為靜音。電視靜音之前，我與整個方形的空間都淹溺在水澤當中，家具失重，悠悠漂移，直到所有的聲音都流回電視裡，電視裡的人物反倒沉泡在深水底層，吸納了過多的水而顯得腴軟，開口只能冒出無聲的水泡。

我才發現原來家裡那麼空蕩灰暗，長久未清掃，家具到處布滿刮痕，蒙上厚重的飛灰，因此毫無光澤。

我與母親的身體似乎繫上同一條繩索，每當母親快要回家的時刻，我便必須在家裡無聲寂靜的旋轉，使放長的繩索一圈圈旋絞回我的身上，整個家屋跟我一起旋轉，所有事物拉出遲緩悠長的流影。我在暈眩迷茫的靜止時刻，清楚地看見因為快速轉旋而露出的缺口中，流出了巨大濃密有如岩漿的寂寞。

樓下是停車場，常聽見的是大塊沉寂中，空氣彼此擦擠的微細碎響，但我知道在不遠的路道彼端，已經有一輛機車正穿越灰撲撲的都市煙塵，並在每一個轉彎拉出尖刺細長的煞車聲。

果然在差不多的時間，母親的機車到點出聲，然後熄火、上樓。

母親打開門的那一瞬間，我所有幽微的感官知覺也被重新打開，比如飢餓的感覺會迅速地從身體深處隆隆地騰湧而出，電視又在喋喋不休。

●

到了國三，假日不再有時間看電視，我得坐在書桌前，讀重複的書，考複習測驗。母親也在這時候買了一台念佛機，放在電視機上面，只要幾顆電池，便能日日夜夜迴繞著南無阿彌陀佛。她說這能開光見慧，消世障。她彷彿被佛號翻騰的旋律暫時抽離搓成線狀的兼職趕班生活，托在佛祖金屬質地的手掌上，俯瞰她一片荒蕪殘破的世界，地面處處綻開磽瘠無底的裂縫。

像那個髒亂的房間裡突然多了一束花，便導致整個房間逐漸變得整潔美觀的故事，從念佛機開始，母親在下班後，做更多關於宗教的事：早起攤開佛經課誦；入夜坐禪，看宗教頻道的連續劇，在沙發上露出和角色一樣和煦的表情；加入宗教組織，每個月信箱裡都出現組織的刊物。

她讓所有事物捲入佛曲純淨的節奏，擺脫塵垢的重量，安住然後飛昇，飄轉出有如念佛機上面層層瓣瓣的蓮花圖案。身上垂掛著許多宗教的配件，洗澡也不褪除，似乎那是黏貼縫補她的膠帶，吸收日日襲來的震盪，避免她徹底瓦解。

她卻依然疲憊。

雖然念佛機的聲音不大，但聽久了，也被勾出心魔，幻想自己扭曲變形，渾身被腴軟的耳垂包覆。我偷偷關掉，在母親回來之前重啟。

後來有幾次忘記關，漸漸習慣了，讀書時，晃盪的心波全被盛裝到窄小方正的機器裡。我想像歷史課本裡那尊龍門石窟的佛像，渾身間雜斑駁的灰黃色，穿透粗礪的山壁，渾圓滑潤地端坐在電視上。我讀書時習慣的自言自語都能被祂那飽滿上揚的唇回覆。

這一遍經文結束之後，下一次會立刻開始。記不牢的課文、被砸在牆上的挫折感，重新撿回來，依著經文的節奏再多念幾次，終於羽化成書包裡，期待母親簽名的成績單。

天色黝暗到連家裡微弱的燈管都無法驅散的時候，超過七點，幽靈蠢蠢欲動。擔心母親不再回家，怕她像一輛在夜間長途行駛而脫軌消失於虛無之中的列車，載走所有聲音，我把耳朵貼在鐵軌上，立體的遠方全倒塌凝固成冰冷扁平的鐵條。

但誦經聲終究會撫平我心緒的皺褶，收疊我胡思亂想的意外畫面，把本來有如雲霄飛車橫越隧道與低谷的軌道縮得很小，變成一串繫在手上的念珠。我沉進吟誦者持續震動的喉管裡，等待被送往必然抵達的終點——母親終究會懷擁溫熱的光與食物回家；所有藏在書包裡如荊棘纏繞增生的問題，也終究會凋零。

●

離家之後，離開電力持久不滅的念佛機，我不知不覺追索重複的喃念，若有困惑、不順或害怕之事，重複喃念以前常聽見而背誦起來的佛曲，或閉目合掌，在心中陳述祈願的話語無數遍，希望那些字句不斷氣地串結在一起，延伸到佛祖菩薩的仙界。

有時間的話，直接走進寺廟，像離水的魚藉著銅鐘、木魚、誦經聲，重新找回張鰓呼吸的頻率。或是躲進廟宇，攤開虛空的手掌，握滿把的線香，規律地跪拜、禱祝、插香，按指示繞巡過一個個香爐，偌大的廟宇也只如一個口腔，舌頭轉過一個個殿堂，共鳴平穩而虔誠的聲音。

這些彷彿能讓我回到小時候的房間，誦經聲安定持續地充盈家裡每一個角落，和我的身體。

像血液流動，擴大我的循環，我變得堅硬而寬廣，和鋼筋一樣無法輕易被移動與崩坍。

●

沒有上一代引路，即使有穩定的工作，自己帶著自己結婚生子，仍需經歷經濟的長期動亂，彷彿扛著有破洞的背袋遷徙浪居。

等到一切事物如陽光中的塵埃緩緩沉降，坐落在各自的位置描出明確的輪廓，我和妻小出國旅行。

在日本的第四天，我們在大多是親子遊樂的行程裡，插入一個寺廟景點——大分的宇佐神社。這裡有遼闊的腹地，綿延整座山坡的樹林，腳步被一整路的碎石子滾得更碎。沿著迂迴的階梯向上爬，以為會衝到遼闊的天空下，抬頭卻始終被鳥居的圓柱覆壓。每一座神社屋頂的翅翼撲展，隨時要向上飛。

終於爬到上宮，本殿上方有頂蓋，外面架上高欄和紙窗，無法進入。不像台灣能直接與神像面晤，跪在祂們神聖的諦視下。

在旁邊觀察日本人，發現只能在御殿外面的小門朝內參拜。門口橫放著賽錢箱，在同一條簷道下，遙對三座神殿投幣、拍掌冥想、行禮，就完成參拜。我卻不敢拜，怕遺漏了什麼規矩，揑造出變調的流程，褻瀆神佛。

想趕緊下山避開，卻遇見更多神社，還意外繞進了下宮。當初是依照身分階級劃分，下宮供奉與上宮相同的三尊神明，讓平民參拜。神明似乎氣惱地折曲我逃逸的路徑，以重遇暗示我不拜的褻瀆。我們只是來拍照，稍稍貼在文化最外層的氣膜上，聞到些許氣味就彈開。

神殿對面就有賣鋪，看一看，只知道御守，還有一些檜皮、鈴鐺，即使有漢字，仍不知什麼含義。坐在鋪子裡的神職人員頂著一張木然的臉，耳際浮泛著無法落下意義

的語言。

妻子問我要不要買什麼給媽媽。我搖頭拒絕，這樣還得特意回家送，我已經很久沒回家了。

孩子開始叫嚷，雙眼皮跟著冒出來是想睡的警示，該是趕快離開的時候了。

我已有新的儀式必須遵循，耳際重複播放新的聲音，所以排斥那些陌生而神祕的規矩。不知道家裡過了這段時間變成怎樣，無法預料母親張開口會說什麼。

熟悉的家失去聲音與影像，像無從窺望的神社內殿，只在腦海裡掩上一塊陰影。

我來到異國，想起家的時候，竟覺得家更像異國。

直到來到神社，走過辛苦的上坡路，氣喘吁吁地站在神殿前，卻無法伸手參拜；回轉過身，那扇我無力開啟的家門竟也在這裡，才發現這裡就是凡人力量所能抵達的邊界。

即使我耗盡全力，也無法穿越的障礙。

●

離家之後，一路往前走，沒有細細檢視小時候的傷口。看似癒合，真皮層卻早已嚴重缺損，只能用過量的膠原蛋白填補出淩亂的疤。

停下腳步往回望，才能聽見身上的缺口其實不斷被空氣灌出無底的空音，嗡嗡嗡嗡，成為緊緊依附著我的背景音效，不懷好意地等待高潮碎裂的巨響。

我只能盡力拴緊自己，繼續向前通過每一天。

我閉上眼睛，墜入和現在的我極為相似的，母親過往的身體裡。

睜開眼睛，母親站在家門外。

已經過了正常回家的時間，她明白正在快速長大的兒子一定肚子餓了，但她握住鑰匙無法轉開門，屋裡設計了一場惡作劇，門頂將壓落她無法承擔的重磚，砸壞她所有關節，撲來旋轉的黑洞，捲去她所有時間與精力。

靜定下來，她聽見家裡面誦經機器的聲音，一直重複，把她灌滿。她可以飄浮，穿越凡俗的邊界，貼近垂首諦觀萬物的神祇，看清宇宙運行的規律、她的業報與不可干涉的因果。她終於能夠踏進家門。

我始終參不透。不是我不拜，是我被這座廟宇遺棄，禁止參拜。諸法因緣生，長久的執著產生無明，無明產生業力，沒有不想參拜的自由意志，我是被業力棄絕在外的

遊魂。

家以外的地方，都是離島的汪洋，所有陪伴都是鷗鳥，所有的文字都是缺口失聲。

回家之前，所有的離開與前往，都只是漂蕩。

潮濕的眼神

外婆家的後院很大，有堆滿雜物的倉庫，還有花園。外婆都坐在這裡洗衣服，擺一個大鋁盆，水龍頭接著橘色的水管，一張木板凳，還有殘留白斑的洗衣板，再拿一個肥皂盒，裡面裝著一塊琥珀般的水晶肥皂。

小學假日時，都在外婆家玩，那是屏東市區與郊區的交界。家門前的大馬路可以通向商場林立的鬧區，也可以彎進竹林小徑，踩著田壟去找一條清涼的小溪。

外婆洗衣服時，我習慣坐在一旁，通常是我已經玩累了返家的午後，衣服沾上草叢的刺針，有時還被溪水浸濕。外婆叫我脫下來洗。反正等下她就要幫我洗澡，我常光著身子陪她洗衣。

她不使用洗衣機。

那時洗衣機尚未進占每個家庭的陽台？還是外婆抗拒巨大而昂貴的機器取代她便宜又萬能的手？

外婆生養了八個小孩，又得替這些小孩照顧小孩。她體內一定有很多節儉的齒輪交疊滾動，才能讓整個家族機器順利運轉，才剛送那個孩子結婚成家，又接收了這個孫兒來照顧。

「洗衣機沒有我手洗得乾淨！你看我洗就知道。」外婆每次洗衣服之前，都會這樣跟我說。

外婆的手洗什麼都乾淨，比如每次飯後堆成鐘乳石柱般的碗盤，還有我短手探不到的背脊。她的眼睛銳利、鼻子靈敏、手臂結實、手指靈活有力，雖然外面包著一層鬆皺的皮膚，但裡面可是住著一個武功高手。

我總在她洗衣服時，假裝幫忙，撈起這件，又搓一下那件，其實只是想把手泡進冰涼的水裡，好像自己還在溪裡。但久彎腰再站起來，常是一陣腰痠眼花。外婆卻可以立刻起身，直挺挺地扛起大盆把水洩盡；洗完還可以跨大腳步，張臂挾著一盆衣服到陽光下披晒。

她自由地縮小放大，不用什麼花樣繁複的變身儀式，便能輕易擁有超人的各種姿態。

●

外婆洗衣服時，水沒停過，只有大小的差別。

「這樣用好多水，不浪費嗎？」一次我疑惑地問她。

「洗衣機也用好多水，只是它偷偷裝進去，又偷偷接管排掉。幹嘛花錢買一個偷偷把錢洗掉的機器？

「多像你媽，養著一個偷偷浪費錢的丈夫。」

外婆說手洗衣服還有一個好處，就是可以知道衣服主人的祕密。外婆在衣物下水前總會檢查各種口袋夾層，裡面如果塞了什麼，必定拿出來仔細看過。

外婆從這些零星線索掌握了很多祕密，比如說我那時跌倒後撞破膝蓋，血如碎花印上褲子，纖維經過摩擦而細薄褪色。

外婆攤開我褲子時，眼神立刻聚焦在血跡上，像超商立刻掃描出條碼的機器。她說：「好險這立刻拿來洗，否則要用檸檬加鹽才洗得乾淨。你怎麼會跌倒？」

我沒說是玩伴小明推我的，只說我自己不小心。

「沒騙人吧？自己跌倒會滑成這樣？」

我趕緊轉移話題，問小阿姨的襯衫怎麼發黃了，她頓了一下，把我看進她眼裡很深的地方。我只能躲開她的目光，注視著盆裡越來越汙濁的水，但身體緊繃，她的眼神也是水，濺得我一身汗珠。

「她做業務，四處跑，流很多汗，回家又忙，沒立刻給我洗，就變這樣了。」

「怎麼不學四阿姨？去結婚就可以不用工作。」四阿姨嫁去了台北，那個地上地底都塞滿人的城市。小時候和外婆去找她，她穿著百貨公司買的衣服，領著我們在地底穿過一道又一道的指標，我一直走在她洩漏的花香裡，像一隻暈頭旋飛的蝴蝶，覺得台北真是個令人眼花撩亂的花花世界。

「不結婚也好。像你媽，結了婚還不是得工作養家，扛更多責任，忙得要死。早知道就不催著你媽結婚。」

她跑去廚房拿一盆白濁的水，把小阿姨的襯衫泡進去。看到我眼中的疑惑，她說：「這是洗米水，可以洗掉黃漬。學起來，你媽下班後才沒空像我這樣洗。你看你這衣服，白的都洗成黃的了。」

外婆撈起我發黃的衣服，衣服下襬還有幾滴明顯的食物油漬。雖然我剛好躲在衣服後面，但外婆透澈的眼光還是穿過衣服，有如凌厲地打了我一個潮濕的巴掌，譴責我吃飯時的粗魯。

「舅舅也不用急著結婚嗎？」

我討厭舅舅，他是家裡難得的大學畢業生，工作還是帥氣的土木工程師，下班回家都像剛蓋好一座橋或一條隧道那樣雄偉昂揚，每個月給外婆好多錢。

他總是板著一張臉指責我各種不是，好像他是全世界最完美無缺的人，我如果回嘴，他會被怒意灌紅，拳頭也膨脹起來，想衝過來打我，每次都是外婆幫我擋掉。如果他快去結婚，就可以不那麼常出現在我眼前吧。

「男生可得成家立業。你舅舅是眼光太高，找不到喜歡的對象。」外婆正在搓洗舅舅的內褲，洗完攤開細看，「這內褲鬆了，得再買新的。你舅舅不喜歡穿舊內褲。」說完把內褲甩在腳邊，我知道這以後就是一條擦地布。

外婆洗衣的步驟清楚分明，她總一一向我說明，好像我是她忠實的學徒，而且不厭其煩地重複，每次都鉅細靡遺。

「學會了沒？以後，就可以幫你媽洗了。你家總得留著一個靠得住的男人。」

先浸泡一陣，再上肥皂，放上洗衣板搓幾下；如果特別髒的領口、袖口，可以再上一次，改以雙手快速搓揉。洗好了，丟進另一個不停注水的水盆裡。最後以手推擠搓揉，加入雙腳踩踏那些清水裡的衣服，換過幾次水，最後施加強大的手勁一一擰乾披晒。

●

後來，外公外婆跟著轉往台北上班的舅舅搬到北部，屏東的房子租給別人。巨大的後院可能真的變成了倉庫，我再不能搬張小板凳坐著陪外婆洗衣。

我照外婆的方法，自己學著洗，因為媽媽總是忙，好不容易洗衣，卻染濁我新買的白T恤，或是任洗衣機殘暴地把我的內褲與衣領捲得鬆垮。所以我學乖了，洗澡時立刻在洗手台拿塊水晶肥皂搓洗，不只延長衣物的壽命，還增添一股手洗的清香，不用一起攪在全家久積的汙漬與體味裡。

除了年初二回台北找外婆，其他時間，我們都在高雄生活。每次見面，都是縮時目睹外公外婆一整年的老化量。

我大學時，外公突然心肌梗塞去世。葬禮時，外婆沒有出現，聽大人說是民間習俗的禁忌。

儀式結束之後，親人們再一起聚餐就各自散了。我剛巧後幾天沒課，想留在台北幾天，便和舅舅回到外婆家裡。

外婆他們雖然是住在公寓一樓，但還是有一個連接著車庫，可以洗衣晒衣的寬闊陽台。她也不用再坐在地上洗，有一個貼了磁磚的水槽，旁邊放著洗衣機。

我們回家時，外婆就站在水槽前搓洗衣服，她弓著背，頭髮稀疏花白。外面的陽光從牆邊照進來，剛好照在那一桿桿的衣服上。外婆站在陽光照不到的斜角裡，維持著僵直的姿勢。

我問外婆為什麼不讓洗衣機洗就好，像這樣彎腰太累了。

「你舅舅的內褲不能給洗衣機洗，會鬆掉。」外婆面前的紅色水盆裡飄著好幾件舅舅的白色純棉內褲，一件件都是亮白緊緻，像剛下水脫漿一樣。

「你昨天換下來的衣服和內褲要給我洗嗎?」外婆問我。

「不用了,我自己洗。」我已經習慣自己洗了。昨天怕丟在洗衣籃裡會被外婆搶去洗,我還先把換下來的衣服收回包包裡,可能已悶出難聞的汗酸。

「衣服可以一起丟洗衣機洗,比較輕鬆。」外婆拍拍洗衣機,親密地像在拍朋友的肩膀。

「比起你外公,這機器更能替我分擔解憂。男人啊,怎麼一個一個都靠不住啊?」掀開洗衣機,裡面的濕熱氣息湧出來,外婆的眼睛被熏得快睜不開,眨著眨著蒙上一層濕氣。

我後來洗好的內褲放在水槽邊忘記晒,外婆立刻就幫我晒好,還對我說:「你的內褲不能用小衣架了。小時候不用小衣架,還會撐鬆呢。」

我心中懊惱,怎麼會這麼粗心。我只是草草洗一遍,不知道外婆敏銳的觸覺有沒有發現,而且那一件剛好是比較鬆的舊內褲,或許還泛著長期積累的黃垢。

外婆摺著剛收進來的衣服,沒有以前在屏東時晒滿整個後院那麼多,只有她和舅舅兩人的量。她又問我:「有沒有女朋友?趕快交一個吧,別像你舅舅拖到現在還在挑。」

我就知道外婆只要看過衣服，就能把人看進心裡，只是晒一件濕內褲，我就不自覺想躲開她總能輕易將人沾濕的眼神。

●

外公過世後沒多久，外婆很快也走了。衰老時沒有另一個人拄靠，所有的疾病與憂愁都趁隙跳上身，加快她坍毀的速度。

原本以為過年時不會再回來台北，畢竟外婆家已經變成舅舅家。雖然舅舅是個有條有理的人，但少了操持家務的外婆，家裡似乎將頓然失序，灰塵會伺機開疆拓土吧？髒衣服又該何去何從？

媽媽早些年已經離婚，過年不用再回婆家，但舅舅仍然習慣在年末先打電話問媽媽何時要去，一直到我結婚生子都一樣，所以媽媽依舊每年到台北過年。

有一年，我和媽媽、妻子與小孩一起到舅舅家過年，本來以為要花時間清掃才能讓家人有乾淨的房間休息，畢竟有些房間已經空在那裡很久。但沒想到房間已經不是之前堆放什物的雜亂模樣，地板也擦過了。

媽媽解釋：「是小阿姨幫忙弄的。」

舅舅還是沒有結婚，小阿姨倒是在前幾年結婚了，但那時她已四十多歲，沒打算生小孩，婚後繼續拚事業，搞各種投資，想賺更多錢。媽媽說只要小阿姨有空，她就會來舅舅家做家事。

「衣服也是小阿姨洗完收進來的。」媽媽指著沙發上一疊整齊的衣服，舅舅的白內褲則被摺成小小一疊，靠在旁邊。舅舅常常就一起疊在旁邊的椅子上蹺腿看電視，那無憂無慮的樣子，好像外婆還在家裡某處忙著家務一樣，或許這些新秩序的確都是外婆精心安排好的。

過年要煮的菜，小阿姨也都買好了冰在冰箱，媽媽會跟她通幾次電話，確認詳細的菜式與做法。小阿姨特別提醒她，辣油沒了，記得炸，舅舅嗜辣。還有如果有跟四阿姨去逛百貨公司，幫舅舅買幾件新內褲。

媽媽忙了一整天，等我們都洗完了澡，她問我要不要把衣服用洗衣機一起洗。我拿外衣給她，她順手丟進早放著舅舅幾件髒衣服的洗衣籃裡。我將內褲和小孩的衣服留在手中。「這些我用手洗。」說著就走去陽台。

媽媽提著髒衣服，一起走去洗衣機旁，疑惑地問我：「在家也你洗嗎？」

「沒什麼，才幾件。小孩衣服小，很快就洗好了。」

妻的內衣撲來濃重的汗味，坐車一路照顧小孩，她簡直忙壞了。我趕緊壓進水盆深處讓它吸飽水。然後攤開孩子的上衣，仔細檢查領口處，竟留下一片黃漬，也不知從何而來。吃水果滴下？餵飯時，忘記繫圍兜？

「這種汗漬，洗衣機洗不掉的，用手洗才乾淨。」我低聲自語。

我拿肥皂用力刮幾下。肥皂上有幾個潮濕的指窩，順著握就不會輕易滑脫，是小阿姨用過吧。

搓一搓，沖水揉一陣，再攤開看，黃漬果然淡去許多。我的眼神穿過潮濕而略顯透明的衣服，看見媽媽正低頭以雙手擠壓洗衣機裡的衣服。

「我的手一洗就脫皮，所以一直沒辦法用手洗。這些是外婆教你的吧。」媽媽以前在超市兼職時常洗菜，所以得了富貴手。仔細看她的手，爬滿白色石紋，有些地方還綻出鮮紅的肉。

外婆除了洗衣的方法，是不是也教我洗出如她一般透徹而濕潤的眼光？不只仔細地關愛衣服，也關愛每件衣服底下的主人。

我不再是只想玩水的小男孩。

我看著媽媽，說：「我等下幫你晒吧。你忙了一天，快去休息。」

媽媽點點頭，按下洗衣機的按鍵，然後打著呵欠，走進屋裡。

新海灘

我沒什麼和家人出去玩的記憶。

小時候我對高雄的認識，也就僅限於從學校到家裡的路。走回家的短短路程，也能把一個小孩的世界支撐起來：賣果乾零嘴的便利商店、架上層層疊疊塞滿商品的文具店，各式餐廳或便當店、金香鋪、五穀雜糧店、永遠不會倒的水果攤，還有一個蒸騰著魚肉腥血氣的早市。

假日是漫長的電視時間，電視渾身都會散發熱氣。家裡沒裝冷氣，客廳的溫度越看越高，我常去摸電視胖大的尾椎，太燙就得關掉電視一陣子，怕燒壞。

必須把頭塞進電視的畫框，才能看見不同的世界，外國的ＭＴＶ、日本台的食旅節目、西洋片和港劇，卡通直接帶人飛上宇宙、穿越時空，或是遁入陰界。我看一整天都不會膩，即使深夜看娛樂新聞的重播，也是細節的鑑賞。

我向來無法記清細節，記牢的只剩一些電視的片段畫面。曾和爸爸去旗津海水浴場玩的事，便是從相片重新貼回記憶。細節已經不知是真實，或是經由相片裡的窄小線索，想像全景。

●

當時，爸爸接到一通電話。我遠遠聽著，一開始還冷冷地想著他又被招去喝酒，而且竟在白天。大人到假日就可以放縱地推翻時間的界線，我卻得一個人在家，必須寫功課、準備考試，為了早起而早睡。

爸爸掛上電話，沒有如我所想直接進房間更衣，反而坐在那，轉頭盯著我，問我要不要去旗津玩，他朋友邀我們一起去。

爸爸在車上向我介紹，對方有兩個男孩，都是大哥哥，事先教我該怎麼叫人。他的車很舊，二手車，懸掛護身符的紅線已經泛出黑漬，掀蓋抽屜不能隨便開，要闔上還得使出巨力拍上。車窗暈黃，懸著不墜落的夕陽，浮著灰皺的波浪。想拉下車窗，不

能按鍵上下，要快速地迴轉手把，伴隨刮耳的聲響。

我們在海灘玩得很開心，全身是沙，衣服由下襬濕上來，像裙子一樣甩蕩，褲子變得飽滿厚重。我和男孩們挖沙、掘渠道、堆砌城堡，有人負責細緻雕工，有人拓展領地，向上增高。

相片裡就是這樣的畫面：三個男孩，背後海湧，手捧著整片沙灘，朝鏡頭浪奔而來。

爸爸這時候在哪裡呢？和朋友坐在海浪捲不到的地方聊天吧。

記得他初到時曾與我們挖一陣沙，作為示範。他手掌大，指節環繞著硬繭，一下子就挖出大洞，用挪出來的沙捏塑城牆上的凹凸如齒的雉堞。我們沒有玩沙工具，沒有各種協助塑形的模具，依然能締造廣袤雄偉的城邦。

海水撲濕他捲起的褲腳，吸足更多的水。他腳長，上端仍乾，不像我們的整件濕透。他的腿毛蜷曲，黑沙纏在上面有如斑點。他跪在地上，再站起來時，膝蓋黏著一圈拍不乾淨的沙，像被小手揪住。他示範如何捏出一顆沙球，乾濕度必須剛好，用力丟向大海時，才不會提早瓦解。

他教我海灘上的洞裡住有招潮蟹，越往深處扒，一看見蟹，牠就揮舞小螯、身手矯健地逃遠。手速得快，還要夠勇敢，才能徒手撲捉。

即使後來他退到高處聊天，嘴巴開合不止，頭髮是他頭上洶湧的風浪，偶爾淹沒他的眉眼，整張臉仍顯得柔軟，因為他托起了我難得享有的假日歡樂。雖然與他距離遙遠，我仍覺得他一直看望著我們，我頻頻拋去眼神的繩索，隨時將他接盪過來。

我們沒想到要脫去衣物，衣服上的沙子掉了又沾，濕掉之後，黏得更多，還偷偷盛滿口袋。

爸爸可能怕我著涼，曾親自走過來，幫我拍去背面與後頸的頑沙。

我們往海邊丟出一顆顆捏緊的沙球。其他人的都飛得遠，我的卻總在手掌附近爆裂，風將那些沙粒吹到我臉上，再多敷一層黏膩的海氣加固。我試了好幾遍，依然失敗。再請爸爸出馬，他親自捏出完美形狀，還是繼續被我一一丟破，可能是我沒拿捏好指掌的力道。

爸爸後來握住我的手，把他的球，高高地丟出完美的拋物線。其他的男孩還有近處的陌生人齊聲驚嘆。男孩的爸爸趕緊拿出拋棄式底片相機，嘰嘰地撥動轉輪拍照。

爸爸手掌的厚實與溫度，沒有在那一刻被拓印在底片裡。

＊＊＊

照片裡，我的身材已經抽高，不再有兒時的大腹與圓臉。小學六年級左右，那是爸爸離開家的時間點。

爸爸的朋友拍下了照片，再洗出來給他。爸爸不常帶東西回家，卻記得把這張相片交給媽媽，媽媽再找出難得工作完還不想睡的時間，貼上相簿。我當時的笑容才被傳遞到現在。

這是歷險過後，好不容易留下的珍寶。彷彿有人撥動時光之流，決定替我濺出一滴童年的餘沫，落於一片荒土。

＊＊＊

後來看新聞才知道，那時因為港口與碼頭開發，凸出的堤防隔絕海浪，重新蓄力後，凶猛地往附近侵蝕，旗津的海岸線便開始退縮，部分堤防的地基被掏空，堤岸受損，有崩落的危機。政府早已開始規劃如何施行海岸保護工程。

我在海邊和新認識的哥哥們玩耍的時候，海浪正不斷侵蝕，我的家庭也正在崩壞。爸爸難得帶我出門玩，心裡其實正仔細盤算著離家後，將動身前往北方，那裡有他預先談好的工作機會。

他或許已經被媽媽攔阻好幾次了。照媽媽的慣用邏輯，她必定用責任去約束他，一邊挽留，一邊嚴厲地數落。我知道爸爸常向媽媽要錢，也看過幾次爸爸趁她不在家時，直接打開她的皮夾，好像他才是一個飢渴的孩子。他們常以為我睡著了，就在客廳開著電視吵架，有時候最後就只剩拉扯的聲音。

只要問媽媽關於爸爸的事，「爸爸去哪？」「爸爸要回來吃飯嗎？」「爸爸今天晚上會回來睡覺嗎？」她總是不回答，好像沒聽到我的聲音。問越多次，她的臉就越僵，彷彿有海浪就要衝出裂口，拍搏上岸。

我反覆檢視那張照片，覺得那時候站在海邊的我，笑容底下，始終知道有什麼東西要壞掉了。

後來旗津海岸在二〇一一年到二〇一三年時關閉，養灘。記得那時和朋友想去，想要好好曝晒長高變壯的身體，總不確定開放了沒。那裡修築了更先進周全的離岸堤，將沙灘重新養寬，像一雙長大的足印。

我帶孩子到旗津的時候，已經是二〇一八年。

海灘似乎沒什麼變，但並不會想讓人再來第二次。沙子黑黏，海水汙濁，沾在身上有如汗漬。沿灘處處垃圾，有的已經被支解，或只是褪色。

妻子討厭海邊，完全不想帶孩子來，討厭事後得清洗蓄滿沙子的衣物。她耐心的沙也正在流失，短短一趟市內遊程，她已經藉著幾件小事，和我吵過幾次架。

孩子一開始看見有如活物的海浪，害怕地大叫。吃到沙子，眼睛進水，流出無法停止的哭泣。

我也教孩子堆沙堡、丟沙球、挖沙蟹，但他們在太陽下待了太久，皮膚晒得紅通通，刺針埋到皮下，他們渾身不適，對任何事都不耐煩，指縫底清不乾淨的黑線也讓他們嚎哭。

離開前至清洗處，遊客大排長龍，頭髮被風吹得簡直能瀝出鹽粒，變乾的沙子時時刻刻咬嚙著我們的身體。

●

曾經，想把我那張兒時相片從相簿裡拿出來。相片被一層透明薄膜與底部黏墊夾著，因為太久沒撕開，照片便緊緊黏附在底部。以指甲摳撓邊角，厚相紙立刻被剝成了兩瓣，我怕整張破損，只能趕緊收手，試圖壓回原樣。相片上那層彩色的膜原來這麼薄，非常容易被揭破。

爸爸離家幾年後，再與他見面時，他開著新車，烤漆黑得發亮，內裝洋溢真皮的脆爽香氣。坐在皮脂的油光上，我總在車速中滑坐不到正確的座席。我左右張望，原本車裡陳舊的事物，已被他全部丟棄。

在我還是學生，仍需要錢的時候，偶爾會和他約好見面，他都會來，給我零用錢，他說這就是責任。

直到我的孩子出生之後，築起新生活的堤岸，我們不再聯絡。

他只是遙遠的海。

我的手機裡存下不少孩子當時在旗津玩沙的照片。我整理過，刪掉不少失敗的表情，只剩下笑容，存在雲端。

或許之後再去不同的海，讓他們習慣海的侵蝕與盈積。用時光，緩緩養一座新海灘。

24

24

你二十四歲，你不確定男人的愛是本能，是模仿，還是鍛鍊。

短期共乘

以前每隔週五，下班後，得坐客運從新竹南下，回去陪家人和女友。車票由女友先訂好，我到現場付費取票，為了久別重聚，先得嚴謹分工。

行李前一天便收好；下班後不能被班上的學生拖晚；時間抓準，還要預留在客運停靠站附近找到車位的時間。自己一個人做事，雖然比較忙亂，但終於順利趕上車的時候，汗水在身上泡開巨大的成就感。

上車之後，一人一張大沙發，看影音系統裡的電影，一邊吃飯，通常是下班後能快速買到、在車上快速吃完又不沾手的速食。喝完碳酸飲料，肚子腆突，想上廁所車上有。睡意常常在電影還沒看完時襲來，在昏暗的燈光下，也不知道衣服上是否殘留食物渣屑，就蓋緊上車時發的深綠毛毯，在耳機嘈雜的對話裡熟睡。

睡睡醒醒間，氣溫被冷氣吹得很低，光也被凍了起來，玻璃蒙上霧氣，看不清楚國道上蔥綠的標示，抹抹窗面，偏頭向外望，想等下一個路標掠過，在那之前，我又睡著了。

偶爾女友傳來訊息，不是問還要多久，因為長期坐同一班車，她大概能掌握時間，知道何時要來交流道下的車站接我。只是傳些閒話，討論假日規劃要吃的餐廳、分享網友食記等等。她不在車程中撥電話來，因為車上的人多在休息，不好意思打擾別人。

逐步逼近平日拉遠距離的女友，我醒來的時間變長。南部增溫的空氣拭去車窗的霧氣，她的存在感也越來越強。訊息中的語句與貼圖，開始奇異地浮現她模糊的面容。

有時我刻意不拿手機，讓它在口袋裡震動，卻感覺到身上似乎被她以線遠遠繫著。閉上眼睛，我又稍稍入眠。這時我仍保有自由，卻有明確的依歸，像一隻從籠舍飛出的鴿子。

車到站之後，我從客運高處便能看到女友斜跨在機車上，她的眼神捕獵著每一扇車窗。如果停車時我面對她那一面，我們的眼神撞出火花，眨眼、揮手、微笑，都是熱身。愛情像聖火一樣開始熾烈傳遞，我們是重新回到賽道上的運動員。

輪到我的提袋被提出遊覽車下的行李廂房之後，我提著那袋特別準備的衣物，還裝著一些未批改完的作業、電腦，交給女友，她放在腳踏墊上。我和她道謝，她則說些想念的話。我握著她的肩膀，坐到後座，輕輕地兜著她的腰。

她的長髮綁成一束，重重地從安全帽後緣垂下來，只剩幾綹髮絲在風裡想逃，卻逃不掉，焦慮地潑灑香氣。偶爾飄到我臉上，我怕癢地退開，紅燈時，幾下煞車的身體進退，髮絲才安分地貼著她的衣身。

我的膝蓋仍感到緊繃，即使客運上的椅子號稱「豪華客艙」，可以按鈕調整頸背腰腿的位置，在車上以坐姿休息，但膝蓋就是整個人被睡眠提起的最前端。我踩在機車窄小的兩側踏板上，腳掌、小腿和膝蓋都在用力，筋絡已在彈跳，稍微用力就要抽筋，身體似乎不受我掌控。

頭仍沉浸在剛睡醒的昏沉。才短短幾小時的睡眠，沒辦法瀝乾疲累，反而讓累的地方更明顯，有如剩下一塊塊汙漬，在身體各處糾結下陷。因為在車上剛吃完飯就入睡，也消化得很慢，肚子裡的空氣膨脹起來，被我彎折的身體擠壓暫存。身上積累的汗黏大多被冷氣吹散，只有剛剛靠著皮椅的背，還墊著一層腥熱的濕氣。

從九如路停車點到我老家的鳳山建國路不遠，這段短短車程是我甦醒的必要過程，讓潑悍的熱風吹散南下殘留的惡寒與積鬱，清楚知道此後二日即是認真炎熱的時刻，每一條流淌的汗，清楚得像是指甲用力刮過。

這時夜已過了一半，也不能再去哪裡約會，只能這樣短聚，然後就各自回家休息。在機車上對彼此說話根本聽不清楚，不如傳訊息或講電話直接，所以下車後我提著行李，還有她事先買給我的飲料，揮揮手，就上樓了。已經習慣這樣反覆久別重逢的愛情。

我沒有交通工具，只能倚賴她。明天再見面的時候，她挪出駕駛位，由已經恢復精神的我補上。

我們原來在各自生活的軸線上水平行走，或是踩緊油門高速行駛，此時相遇以後，

回看前事盡是天旋地轉。

我的墜落終於被接住，她的飄浮得到重量。

我們在相同的座標會合，多像在宇宙中飄浮著攀住彼此雙臂的太空人，終於可以在同一艘船艦上補充能量，排淨穢物，看往同一面風景。

●

過完假日，她送我搭上客運，最後又得自己騎機車回家。

在返北的車程上，女友會把這兩天的照片精選後傳給我，訊息通知跳個不停，我必定立刻已讀回訊。往往在回程時才插上充電器，插座就安置在座位扶手旁。我一路在仰躺的座椅上看手機，像舉著一個又亮又熱的太陽，試圖烘暖又快被車上冷氣凍僵的自己。

珍貴的約會變成幾張快速滑過的照片，像一個短暫的慶典，終究要結束散場。

手機再燙，照樣抵不過睡意。每次在返程的車上皆需提醒自己——務必要將生活和戀愛截然二分，一邊務實，一邊浪漫，不能互相干涉，濫情或涼薄絕對不行。得在自己心上刨洞，裝上切換的開關。一離開她，便剝去那層殘留溫度的皮膚，以堅硬的鐵皮運轉。

回到空蕩狹小的租屋，在黑暗中放下行李，無可挽回地，心也跟著癟了，未乾的嫌怨全被擰出來。

我其實每天都想為了她不在身邊而生氣，但那不是一個懂事的成年人該做的事。這段遠距離愛情，就是一場不能宣揚的賭氣，永遠治不好的思念病。我每天對著不知在何處的終點無聲吼叫，刪除的訊息永遠比發出去的多。

我不知道她如何這麼冷靜，熟諳大人的戀愛學，為情感安裝節流閥，能放能收。好像只有我有時被推入低潮，狼狽地涉水行走，有時又被暴漲的情感滅頂。

我曾經和她說過：「這麼麻煩的愛情，我不想要了。」

她安靜了一會兒，彷彿聽見了我背後沒說的事，不知道她的無聲無息裡，是否包含著挫敗與委屈。最後她只是叫我冷靜，看得更遠一些。我自己也分不清楚，究竟是真的想走，還是只想被挽留，或是試圖藉著這一記猛擊，讓總是堅硬的她露出破綻，我們便能真正鬆一口氣，將這段高壓的關係徹底排空。

近在咫尺的愛情，真的就比較輕鬆嗎？

每一段關係，都是一段未知的冒險，跨上另一段旅程，就會比這次更快抵達終點嗎？

說不定我們再多撐一下，終點就快到了？

這麼多問題，我沒有問，也沒有解答。

我們未來的目標相同，心意也相同，熟知彼此生活，也有約定固定見面的時間，定時聯絡。專家認為，這就足以維持遠距離愛情，不要輕易放下得來不易的緣分。

我只能反覆地找自己麻煩，向她報告我今天不買晚餐，生病了不去看醫生。頭痛就吞下大量的頭痛藥。忘記剪指甲，就用手指把腳指甲摳裂、掀開、滲血。戀愛不在工作日，就只能工作得更痛苦一些，加班到極晚，熬夜早起。希望這些痛苦能滲去她那裡一些，為她平靜的工作日顫起細薄的漣漪。

畢竟見面之後，這些麻煩便奇妙地轉眼虛空，一切只是相愛前模糊不明的情調與調劑。我們不曾回顧檢討這些事，因此也就毫無進步，一再復發。

我永遠無法克服每次往返時心的震盪，但久而久之也就這樣了。她也知道再澎湃的起伏不過是規律的潮水。

直到有一次，在工作日，我和她在電話裡就急著吵起來，幾天不聯絡。之後南下客運剛好提早抵達，我便不等她，自己提著行李走回家。女友很快就發現，反而急了，一直打電話、傳訊息，騎著機車沿路找。

我後來關上手機，壓下被她勾亂的龐雜情緒，像工作日一樣，集中注意力，一點一滴彙整籌劃工作上的想法，調和並裁減自我的感受，不再依賴或承受。終於走到家之後，高雄的潮熱空氣淋濺在我身上，整套衣褲全是汗水，我卻覺得我的內心隔離出一個真空乾燥的空間，感到前所未有的舒爽。

●

後來和女友結婚之後，回想起當初那段獨行的路，覺得像極了婚姻。

尤其小孩加入，只剩下真真切切的生活而已。戀愛的事，再度被安插為串場的慶典，戀人的她與戀人的我，暫時寄居遠方。

我們住在一起，每日睜開眼，對方就在伸手可及之處，我們卻已不在同一輛機車上。出門的時候，為了安全，改成分騎兩輛，她載一個，我載一個。若開車，我們在

車上聊天，孩子便猛然想起千萬句話，搶著說。

被打斷了好幾次的女兒沒好氣地問妻：「為什麼你要一直和爸爸說話？」

妻回：「如果我不跟爸爸說話，你們就要擔心了。」

我們的愛情已經不只是兩個人的事，而是維持家庭和諧的一條軸線，架穩家屋的梁柱。吵架不能在孩子面前吵，賭氣的話孩子會學，才知道以前心煩意亂的工作日，也是戀愛的一部分。

愛情只是短期的假日共乘。獨身和婚姻，其實一樣，每天都是工作日，不論距離遠近，終究會獨自邁去與愛情反向的遠方。

奔跑吧！魚蟹跑友會

我常常一個人跑步，在公園裡替自己兜繞不同的路徑，在跑步機或小學操場上迴圈奔跑，卻更像靜止。不論在哪裡跑，最後都要繞回原點。用時間交換汗水，一整天的荒廢與荒唐都被跑步覆寫。跑步能把疏遠的冷靜與節操給追回來。

我在接近深夜的時候跑，人不常有，小學校的鐵柵門不用再忙於看顧來來去去的機車，退到夜色深處。操場的紅膠粒正把摩擦過剩的熱氣慢慢吁散，溜滑梯、籃球場、架著足球門的草坪，終於能敞開雙臂，讓入夜的水露溫柔地降落。城市密織的光線越捲越遠。偶爾設在暗角的感應燈無來由地亮起，很快滅掉，復亮，我卻不覺得恐怖，像有一雙在遠方窺伺我的眼睛，知道我在這裡，確認我身上折光的汗跡，眨眨眼。

偶爾有人出現，與我遠遠近近地跑著，或只是走，總在圈上的同個地點被我追過。我們像一群夢遊的人，臉面無光，身體卻熱烈舞動。跑到最接近對方的時刻，聽得見對方的呼吸與腳步聲，周圍的夜陰被我們呼出的氣息烘熱，有如一陣令人措手不及的擁抱，因此我們之間某個人，必定加快腳步離開。我們似乎想著同一件事，看看誰會先被深夜吞沒。有時繞過彎弧，跑道上又一個人都沒有，少了負重的跑道突然凌空浮騰，我不自覺加快配速，用離心力讓自己穩穩貼地。

跑步時如果只是讓耳朵擦過空氣，實在太安靜了，我總戴上耳機。我從準備考教師甄試的大四開始跑，將要與所有熟悉的人告別，未來茫茫未知，總之將落入巨大的篩網，和陌生人推擠、滾動，也不見得找得到出口。

當世界劇烈震動，地表瘋狂旋轉，我必須獨自找到不動的軸心。巨蟹座需要安全感，跑步是我的新殼，長出繭，編織肌群，按捺起伏不定的贅肉。

巨蟹座藉著照顧他人獲得存在感，我專心照料著定期奔跑的自己。

畢業、實習，我繼續跑步，一個人透涼地來，淋漓而去。人群像公園群樹，被速度抹出殘痕，我只能載著自己的呼吸前進，回憶像落葉，偶爾踏過沙沙地響。

實習結束，沒有補習或讀書會的時候，獨自在家讀書，一天至少八小時。家人是唯一能讓我呼吸到生活的小氣孔，跑步則是停止思考的珍貴時刻。

●

教師證書檢定考接近的時候，參加了高中的同學會。

天氣還冷，我們在火鍋店，褪下厚重的外套。身體依然年輕，我們不斷交換聊天的對象，更新近況，復演回憶。

有些人已是圓滑的上班族，有些人準備結婚，繼續升學的已經碩一。

我們面前都安著一圈小爐，還有一缽紅紅綠綠的肉片與蔬菜，等水滾，白煙飄在我們眼前。我們也是一群剛下鍋的食材，有些人已經透熟，有些人還半生，大家紛紛凝塑了面向未來的姿態，蘸好自己的調味。

我像冷凍的麻糬燒，心還寒著。

大家知道我正在準備考試，只說「你都沒變」。不知道是覺得我仍那樣一派勤學苦讀的模樣，還是打量了我的體型與外表？其實跑步之後，我才把大學時吃胖的身體重新瘦回來。

我經歷了沒有停歇的長跑，跑過許多惶惑的迷途，才攀回原點。或許我眼前那些看似沒變的人，也是這樣的。

但她變了很多。

我們以前分屬不同群體，她和一群活潑的女孩把高中生活過得特別開心，不論座位分得多遠，上課下課像湊在小小的閨房中釀蜜。我則是一直讀書，解決所有等待答案的問題。

我們有一些交集，大抵就是不涉真心的應答與玩笑。我們像兩輛行駛的汽車，遵守團體的交通規則；到了分岔的路口，也就導向各自的最佳路徑。

聽說她後來考得不好，偏僻鄉間的私立宗教大學，連自己都不喜歡。終於定下心來，轉學轉了兩次，才終於回到夢想的路上。

她為轉學降了一個年級，現在正處於悠哉的大四養老生活。燙了一頭捲髮，染成淺色，像初枯的脆草。

她瘦了，牙正整著，明明俐落輕盈，卻依然缺乏自信，吶吶地說自己是因為跑步瘦的，在每一句對話裡輕微地偏斜迴身，想讓話題快速滑過自己，的確是慣於貶低自己的雙魚座。

雙魚座喜歡變化，巨蟹座偏好固執不變，我們在不同地方跑，越過無數快慢步伐，此刻竟聚集在同一條線上。

我跟她說：「我也跑步。我們住得近，之後可以一起跑。」

●

教師甄試將近，我更不允許自己一天沒跑步。想要放棄很容易，只是轉身回到生活中，沒人發現，像走在下坡道；要想再回歸跑道，已是天壤之隔。

我想要抓緊那個薄弱的動機，就像抓緊很低的錄取率那樣，我和她開始並肩夜跑。勞倫斯・卜洛克說馬拉松就是戰友們一起努力，有些一流跑者甚至手牽手一起衝過終點線，不分輸贏，所有跑完的人都該是勝利者。

我和她一起，也只是為了讓跑步變成兩個人的事，更容易努力，更不容易放棄。

我們約在離彼此都近的學校，她不能太晚回家，所以我提早，她延後。前面幾圈，我跟著她的速度，一邊聊天，一邊喘息。她跑的距離比我短，先到司令台上等我，接著我戴上耳機，加快腳步補回均速。

她坐在磨石子地板上在想些什麼呢？那時候手機尚無能令人滑個不停，她可能看著忽遠忽近的我，在心裡數算著我完成的圈數，或只是深呼吸，伸展拉筋。

跑完之後，她將水遞給我，從不很高的司令台跳下來，我們再慢走一圈，繼續聊著關於我考試的事，不甚有趣的每一句話，她都能慷慨幽默地接下。

這時候身邊的人大多與我們等速，其他錯身的跑者不再是殘影，變得清晰。原來別人的說話和喘息聲如此迫近，跑鞋交叉落地聲這麼沉。

我們走回大門，披上外套，跨上各自的機車，揮揮手便離開了。風吹在汗濕的皮膚上有些冰冷，但心底卻熱騰騰的，像還在跑著。

有專家分析十二星座面對跑步的態度，巨蟹座擅長督促陪跑，雙魚座欠缺行動力，實力往往需要被鼓舞激發。我們都是水象星座，唯二的海底生物，天生易被情感浪潮席捲，非常適合一起跑步。

正式進入考季之後，她替我處理不同縣市報名的瑣事，幫我注意線上報名的起迄日

期、匯款與報名寄件，甚至和我一起到遠方筆試。我在考卷上奔跑，她在考場校園的司令台上發呆。

她還幫我看試教，我們提著教具，一起穿過地下道追火車。

一切結束後，我們去看電影，吃飯。我們還是一起跑步，但沒有以前那麼瘦了，體重會撞牆，起伏難捉摸。

我們後來在曾一起跑過的都會公園拍了婚紗，那是一組我們都必須纖瘦的照片，即使當時仍不滿意，但後來便知道——過去永遠比現在美好。

青春和戀愛的我們，從那些照片之後，都已經離去了。

●

她懷孕之後，擔心地跑過每個檢查流程，之後月子、哺乳、育兒、復職，懷第二胎，不適合跑了。疲累不曾紓解，體型膠著凝固，有時還聽她喊著怎麼變胖了，身體似乎準備裝下更多憂勞。

我繼續跑下去，跑步繼續是我生命裡不變的事。邁步的雙腿，能帶我遠離不同的變化，抵達的終點是起跑的原點。

我再度一個人跑步。外面的空氣不再適合大口吸入，於是報名健身房，多了月費與閉館時間。夜裡時間一到，背起運動包就要出門。孩子可能已經入睡，或正喧鬧。他們在某個流程中前進，我被看成額外的步驟。

在跑步機上跑，所有想像都縮成一排數位ＬＥＤ字體：去了多遠的地方，跑在多斜的坡度，握緊握把就能感應心跳，計算消耗的卡路里。無法追及真正的遠方，我便把手機架在前方，追劇。

離開後去騎機車，向上看，還有人站在窗前做著瑜伽動作，時近午夜，只有那一層的落地窗還亮著。那人像沉在海溝裡發光的深海魚，只能以全身對抗周圍的高壓與陰冷。

跑過十幾年，運動越來越難讓我變瘦，時間死命扯著我全身每一處的肌肉。我一再調高奔跑的距離與時間，早出晚歸。村上春樹說，跑馬拉松時，他說服自己只是一架無意念，只前進的機器，痛楚將在某一秒神奇消失。

●

孩子更大了一些，我問妻子要不要去跑步，由我看顧孩子。

她拒絕。

即使不滿意自己的體重許久，每天清晨她總趁我和孩子尚未醒覺時，趕緊秤完一日體重，常在恍惚夢際聽到她的無聲嘆息與低聲驚呼。她越吃越少，每餐盡是張羅之餘的草草幾口，再吃得更少、更更少是她唯一對抗體重的辦法。我甚至以為她被生活踐踏得失去原形而感到不捨。

孩子開始會頂撞她，和她鬥嘴、撒嬌。我漸漸發現，孩子在她面前，與在我面前有不同的模樣。面對孩子的滑膩變身，她有極大的耐心。我卻常訓練兩個孩子做同樣的事，不自覺地擺出老師的架子，要他們吃飯不掉飯粒，用走的不要奔跑，準備入睡時全體安靜。

妻子脫下跑鞋才是長跑，我只是懶惰地穿著舊鞋，原地踩步。

像回到當初同學會重遇那樣，我們仍是各自生活中的跑者。她這尾雙魚為了所愛的人奉獻一切，和射手兒子與獅子女兒一起展開長跑。她早早擴充了星座的配對組合，細細研磨著彼此的摩擦。

她還在等，等縮進凹槽裡的蟹眼重新豎立，等我趕上她，再邀請她一次：

「之後，我們可以一起跑。」

濕氣

初至新竹的時候，錯覺十八尖山無所不在，沒有拿出地圖考察地形，光是聽到十八，再加上騎車時不是爬坡，就是下滑，不曾真正望見何處是縹緲雲霧的頂峰，只覺得深陷在峰峰相連的山陣。

在山裡住久了，漸漸了解十八尖山的方位，山不高，但山下環繞著許多學校。我任教的國中，以及大多學生考上的新竹高中、高商，還有我進修的清華大學，都在附近。常常上午在前山教完課，晚上乘著陡然下滑的氣溫繞到後山，踏進清華大學的後門，風在步行時依然狠狠刮人，灌進衣物微小的縫隙，飢渴攫走所有熱度。

躲進人社院，像探入陰涼的核心，寒意更加幽深。聽說此地最靠近十八尖山的亂葬崗，建築格局又詭奇曲折，容易招魅，所以幽魂群居，捲起猛烈卻不可見的陰風。汗是絲毫流不出來的，上山時再怎麼喘，也只是徒然抽瘪自己的精魄。

熬著睡意在如穴的教室裡上完課，窗外是土石裸露的山壁，玻璃上結出蜘蛛網，垂掛著落葉與小蟲。我看著桌上印字極小的論文資料、閒置的筆，記不完全的筆記，覺得打從心底冷了起來。

●

租來的小房間，就一張單人床、書桌、電視和浴室，怎麼移動僅有兩三步的距離。雜物累積起來，沒剩幾塊完整的地磚。

秋天風起，雨落下來，就一路冷到冬天，濕氣連續霸占好幾個季節。習慣了之後，知道這裡的冷能滲到骨肉膏肓，自體內向外凝凍，和空氣中廣布的濕氣交融。

住在山邊，窗下是上蓋的大排水溝，庭院就是草坡。附近有湖，路名也沾著湖。只要暗夜時開門，門外常蹲著一排濕滑的青蛙；雨後則是蚯蚓和蝸牛，紛紛逃到石磚上。馬陸則會直接蜷在家裡的地板，散發禦人的臭氣。蜘蛛在天花板和窗角結網，黏著一些死前慌亂地撇成黑點的不知名昆蟲。

室內外的界線被濕氣暈開，床頭開窗，棉被水涼，睡前便被蟲鳴和水聲偷偷馱運到荒野地上做夢。

寒冷的時候，衣服總晒不乾，掛在衣架上幾天，看起來乾了，但摸起來仍像握住冷飲杯，收入室前得用力甩甩，怕有蟲依濕寄附。穿在身上，用體熱烘烤過一陣，才算真正乾了。深色木質衣櫃逐漸滲出霉斑，像白色的落漆，抹布擦過雖會消失，但隔天立刻重新冒出。只好聽從在地人建議，去大賣場定期添購除濕盒，還有一袋三包的補充組，盒中的白色顆粒會逐漸消失，化為半盒水。

一個人的衣櫃，以為空間夠用，反而塞滿更多衣服。女友有時太久沒有北上，少了她的定期盤整，衣服便被我越翻越亂。我自己收摺疊起的衣褲塔，已經從基部歪斜，每抽出一件，就會坍塌一次。上班時間來不及時，只得快速壓緊衣櫃門，等之後再好好收拾。

衣服比我更焦灼地等候女友，T恤夾袖揉捏自己，褲腳對不準褲腳。我記憶中她臉龐的輪廓，也就一起被埋在亂衣裡，漸漸浸入潮氣，泡軟發糊。

有次看見抽屜卡著衣服，像片萎軟的菜渣。這時女友電話剛好撥來。我用力抽出、回推幾次，完全徒勞無功，反而把壁面的白霉粘到衣服上。想接起電話時，鈴聲就停了。之後一段時間，不再接起任何遠方的來電。

後來和女友一起去買了小台除濕機，整天開著，儲水匣一下子就滿了，浴室地板不再整天積水。收進來的衣服暫放床頭，不再晾得不乾不脆，也不會讓人穿著打從心裡發寒。女友還挑選了衣櫃收納盒和抽屜，清楚分類，封存換季衣物，往衣櫃頂上疊加收納空間。

一年結束，老師的工作在學期結束前能有縣市轉調的機會，女友和我的遠距離終於迎來改變的契機。

●

春天末尾，南風吹來，原本囤聚的冷空氣與熱風相遇，地板反潮。天空中布滿霧雨，整座城市像剛掀蓋的電鍋，所有刻骨的寒意都被逼出來，淋灑落地，像終於哭完的眼淚。

天氣熱起來的時候，就會特別去十八尖山上慢跑，山裡常見封鎖的防空洞，是日治時期的軍事建築，也像是山隱密迴繞的消化系統，陽光被吞吃，再一口口吐出緩慢擴散的冷氣團。不經意闖入某些路段，覺得溫度驟降，汗毛直豎，雞皮疙瘩一一隆起。

上山沿途，地上偶有觀音像，雕刻在石碑上，不論立姿坐姿，皆塗上金漆。聽說在日治時期，政府一邊刨除山區各處義塚，一邊設置這三十三座用以鎮煞撫靈的石觀音。慢跑時經過不會細看，只覺得小廟和地上的香爐很多，知道神明擁擠據守此地之後，更讓人察覺到祂們身後掩蔽的孤魂野鬼。

聽過太多關於十八尖山的鬼故事，入夜盡量不要入山，那是連神像都被濃稠的夜色淹沒的時刻。

有一次跑山踩在暮色邊際，人潮確實被太陽一批批帶走，開始不自覺地懷疑前方老者的身影，走得跌宕歪斜，究竟是不是活人？沒入密林小徑的那個背影，可能是瞬間消隱的靈體？寒氣隨黑暗升湧，即使路燈點亮，也只像是飄顫在空中的冥紙。

我已經跑完預定的里程，即使還有體力，身體卻只想休息，再也無法奔躍。我趕緊拿出手機，開不同的程式隨處亂滑，加快腳步下山。女友突然傳訊來問：「跑完了嗎？」我卻一點力氣也使不上來，手指中邪一樣微微抽動。

最近剛得知自己的轉調申請被校長擋下了，無法返鄉工作。覺得自己變成一尊容貌潦草、鎮壓不住邪氣的觀音，鬼伺機棲住心底，總在孤單時呻吟，引我拋下女友，和它相伴。

●

新竹待久了，一回到高雄，當晚鼻子立刻過敏，不分季節。夏天更為難受，空氣中的濕熱與鼻腔的濕熱互相推擠，像是潮汐。整個身體都在發霉，菌絲抽吸元氣，意識昏沉，塞滿黑濁的孢子。

一開始推測是家裡養狗，每次回家我們便緊緊相黏，嗅聞彼此身上異地的氣味，因此才對狗毛狗氣過敏。或是怪罪高雄混濁的空氣，明顯比別的城市更不懷好意，懸浮雜質祟動著朝路人發動總攻擊。

鼻水直到隔天才趨緩。女友往往在一大早騎來她的機車，我們去早餐店討論一日行程、完整的約會，我仍斷斷續續地噴嚏。後來騎在大路上，任太陽晒過全身，才把鼻子疏通。我才懂了，那些堰塞在體內的陰冷被南方的陽光蒸晒，流成滔滔不絕

的鼻水。

即使鼻子通了，但我心裡仍然不很舒暢。

我們始終無法談論更遠的未來，下一年又得持續遠距離。我們的工作仍無法湊在一起，必須持續這樣間歇式的約會。

高雄的濕氣不像新竹詭祕埋伏，能明明白白地看見水線漲高。天氣的心事就攤在陽光下，只要水氣堆聚到雲端，必下暴雨，陽光出巡，有如鬼魅的濕氣很快就大舉撤退。因此高雄從不生霉，以掌緊貼衣櫃和牆壁，能感受到仿若活物的熱氣，是人在穿衣，而不是被又冷又潮的衣服淹沒。

●

一次在高雄約會途中，濕氣從早晨便熱烈洶湧，後來果然烏雲麇集，天色轉沉。高雄地勢平坦，面向大海，山清晰地退到城市邊緣，雲帶綁在山腰，看雲的流動，就能預測暴雨將至。

我想找地方躲雨，女友想繼續趕往下一個地點。我們這日早就因為一些事意見不合，吵了幾次架，我便真的趁某次紅燈跳下車，邁步跑進路邊的小巷弄裡。女友停好車再追，便找不到我的蹤影。

我躲了起來，亂走一通，也不知道所在地點與方位，在河堤邊找到一座公園，靜靜坐在涼亭的石凳上。雨穿過天空，大片水澤傾瀉而下。破裂的聲響灌進耳裡，似乎正替我嚎喊，替我宣洩心底的濕氣。不用再刻意隱藏自己是個毫無安全感的男人，總愛一走了之的個性，縮著肩膀，不值得託付。女友撐著傘在我走過的巷弄裡迷路，遮不住向四方碎開的雨滴。

在整座城市都被淋濕的時刻，我是那個站在涼亭的圓心中央，不願被雨水擁抱的人。

女友一直撥電話，我掛掉幾次，也接起來緘默地聽著幾次，最後直接切換飛航模式。我其實知道她不會自己騎車離開，她會找到這裡。

後來雨停了，太陽重新出來的時候，她終於從小徑彼端走向我，將傘收起來，陽光沒事般地落在她的臉上。

她頰上和眼眶都有淚水垂掛的痕跡，不經擦拭，曝乾以後，像一條白色的黴跡。我看著她，終於覺得渾身乾爽，因為那是我從新竹帶回來，最後的一抹濕氣。

花祭

那時，初跟女友分隔兩地。

我在新竹當老師，一邊在清大人社院修讀碩士班。她剛離開新竹，到屏東當代理老師。南國陽光充裕、酷熱少雨，教學自在開闊。我心裡的煩悶卻從未消散，像大雨落下前悶濕的空氣，想要快速地凝聚水氣，落下大雨，在每一顆頭頂爆裂，融蝕所有人的身形。

但我的暴雨總下不到屏東，只能浸濕每一段電話中的語句，日日陰森地向她搬演死亡。因此她常哭泣，果真在屏東降下了新竹的雨，被我的怨魂附身，卻無力超渡。

＊＊＊

我們的老家都在高雄，假日輪流搭車相會，一週我回高雄，一週她來新竹。

來新竹的時候，我們不能去太熱鬧的地方，新竹市太小，例如巨城百貨或大潤發，每次去極可能遇到熟人。新竹人全像是裝在小瓶子裡的彈珠，不小心就撞在一起。

我從不拍照打卡，表面上為了重視隱私，躲在電影院的漆黑與無聲椅墊深處，或是往郊外或台北去。我只讓同事們知道我有女友，但不透露她是誰、詳細生平、什麼容貌。

我不想被人評論，旁人的眼光總是看得膚淺，把苦掘的坑洞看成一道滑坡。

年輕時候有段戀愛，學姊直接和我說：「大家都很困惑你為什麼會和她在一起？」我便開始隨之晃蕩。

那時女友的臉、身體和聲音全被拆解開來，垂掛在我身體四周像禮車那樣，滿地哐啷地響，擊亂我的思緒，甚至繞回我最初的決定纏上死結。

最後我在混亂中將之一一剪斷，不接電話，不讀訊息，像除魅儀式，把自己用符咒和法器鎮在封印的結界裡。

***

我始終覺得距離會削薄關係。我們隨時會分手。這段愛情始終像鬼的現身，近的時候，各種目光逼得人無法呼吸；遠的時候，不安影影綽綽。

在交往紀念日，她總寫卡片給我，我卻總想不起為何是這一天？我們是如何開始的？不斷想追回那段空白的記憶，只能隱約察覺我的身體被她的愛情附身，失去感知，交往的日子卻持續累積。

●

冬天時，在房裡也無法避免被此地帶潮的寒意浸濕，讓電暖器的橘光徹夜照著，才能克制發抖。

有次女友北上，遇到寒流，和我擠在小沙發上，蓋著長毛毯，彼此的膝蓋並列，成

了四顆發熱的石頭，心好不容易暫且沉定下來。

她提議去清大梅園賞花。我在臉書上看過好多同事帶小孩去，不是很想去，便找藉口向她解釋——若我們一起在清大閒晃，到處都有可能觸犯恐怖的禁忌，招惹陰伏的厲鬼。

＊＊＊

聽說以前人社院是亂葬崗，所以終年寒氣逼人，建築格局迴旋曲折，死角死路多，走在裡面容易迷失方向。有些廁所或教室特別陰森，溫度明顯降低。聽說某間廁所直面網路知名的鬧鬼熱點——原本有鐵架遊具的「兒童樂園」，現在僅留少數遺跡與一片荒草，夜夜皆有凡人目力無法見證的陰界聚會。

情侶絕對不能涉足梅園，將因諧音「沒緣」而分手，更何況那是校長梅貽琦的墓園，埋棺之地，蕩遊的鬼怪可能齊聚於此，或是地底殭屍正在解封棺釘。聽說新近流傳「六怪客傳說」，見到神祕六怪客的大學生果真發生了危害性命的慘事。梅園裡的每一個建築似乎都藏有奇異法力，比如在機翼型的梅亭下跳一下，就會被當一科；站在月涵亭中央的校徽說話，回聲會超乎尋常地大。每到清交對抗的梅竹賽，清大校長會帶人「祭梅」，庇祐勝利。

我從沒去過清大的任何觀光景點，往往只是匆匆地趕去上課。即使曾在人社院最接近地底的圖書館，還有深夜的研究室寫論文，偶爾感到體膚陰寒，顫突雞皮，也只當冷氣太強，身體貧虛。廁所燈管閃跳，或聽見遙遠的腳步聲，只故作淡漠地拖長呵欠，讓異象日常。

***

決定不去賞梅之後，結果又去看了場永遠看不完的新電影。

一個人到櫃檯買兩張電影票。在人多的地方，一前一後地走，對話有如自言自語。騎機車回租屋處時，避免和別車並列。開鎖進門前，確認身後是否留有跟蹤的眼神。

●我們不見面的時候，依然常因一個小裂隙就長久冷戰，寒流鋒線沿著我向南穿刺。

如果交往的時候痛苦比快樂多，遠距離下的相知相伴其實只是分離，到底為什麼還要繼續下去呢？

我掛掉她每一通急切的來電，社群上解友、封鎖。她在每個深夜嚶嚶哭泣，睡眠被鬼盜走，偶爾解鎖接起電話，她苦吟、吶喊，話語枯乏而重複，她心裡的鬼可能正慢慢甦醒。

她拉我降生人界，貼近人與人之間的溫度，我卻反手拽她墜入鬼域。是我心裡住著鬼，貪食女友源源不絕的元神。

我把她當成祟纏的對象，揮手撥開所有奉上的愛，將噩夢和詛咒都縛結到她身上。再繼續下去，我們都將成為任鬼魂憑附的空殼。●

回高雄的時候，冬季霧霾鎖住整座海港城市，看不清遠方山海。女友正忙著考了好多年的教師甄試，她若能盡快考上正式老師，確定落腳的城市，停止流浪，我們就能修正彼此的距離。

面對我們之間無數的挫折與爭執，她還是像翻過一頁考用書那樣，輕盈無事，陪我度過悠哉的假日。不知要去哪的時候，想起沒看到的梅花。但高雄市區太溫暖，想賞梅，得開車上山，到遙遠的六龜寶來。總覺得那年的冬天不夠冷，花可能開不了幾朵，也結不出果。

典故裡，梅花正是遲來的花神，總比預期時間更晚現身，所以被其他花神譏謔改名為「倒霉」的「霉」。

在高雄不像新竹那樣擁擠，道路寬敞，我們能安心在市區牽手逛街、吃大餐、添購新衣新鞋。不知為何，我依然改不掉左右張望的習慣，甚至為他人不經意掃過的目光心驚。

***

如果我說起最近睡不好、工作不順，或是發生小車禍，她便大驚小怪地帶我去廟宇進香。她說光是踏進廟埕，跨過龍門，便能使人心安。我想像我是一隻躍水的魚，將纏附在鱗上的濁水甩淨，跨出虎門，便閃過一次虎口危劫。

她愛去鳳山雙慈亭，兩個女性主神是觀音和媽祖，她虔誠地相信溫柔正是力量。點香處貼著參拜次序，前中後殿共要二十炷香。廂廊設置偏殿，奉祀著月老、文昌帝君、註生娘娘、福德正神。有任何缺憾或祈願，到這裡都能找到跪墊，托住小小的兩球膝蓋。女友示範用閩南語自報身家，我實在學不來，自己悄悄在心裡轉換成國語，料想神明有天聽神通，一定聽得懂。

一有空位，女友就推我一起跪下，雙腳彷彿被座上不同神明的巨掌緊扣，血流不順，隱隱約約地發麻。燃香在頭頂聚攏，有如帶來吉兆的瑞氣祥雲，但我總被燻出止不住的噴嚏，或許正是體內清濁的對換。

每次拜過一輪，我總全身濕透，可能是廟裡悶熱，香煙厚重，又或是神像慈和的注視使人燥熱，重複念過的身世與祈願越說越混沌，舌頭打結，覺得自己才是那個該被沖化的煞。

如果真有大事相求，女友指示我詳細的步驟——準備水果、零食、買金紙，清洗擺放供品、上香。何時燒金？線香燒到一半的時候，女友便讓我擲筊問神，聖筊才是得到允准，急躁是不敬。

人生的答案早就神諭般地各處播種，必須靜靜等待萌芽結果。

離開的時候，我身上、鼻間，彷彿細細插滿不可見的線香，指掌間留下洗不掉的大片紅漬。

廟埕上，高雄的烈日清空所有陰伏，鬼故事因此少有積生的死角，心裡不再有那麼多提防與凶險。

***

冬日搭車返北，我總被南國的溫暖慰留，客運座椅旁勾著女友準備的便食晚餐，以及慶祝與紀念的禮物和卡片，與我一同前往北方的低溫與深夜。

一下車便被落下的細雨剪斷魂魄，提著幾袋沉重行李，下車前披上的厚重衣物困縛著身體。

翻找雨傘，口袋裡的手機一直響，我又開始氣她，分手的詛咒再度如蠱降下。

●

到了夏天，新竹也熱起來了。大風依舊，從翻山沉降的九降風改為從海岸直進的西南風。研究所的課快要全部修完，清大人社院依然陰寒，像封凍在山稜雪線。

為了趕寫論文，假日我們就在租屋處枯坐，寒涼的濕氣褪到牆板深處，卻不曾散盡。我們頂多去餐廳吃個飯，買件衣服。

在外面的時候，她的手偶爾勾碰我的手，我依然笑著退開，調侃她幾句，壓制我們之間攀高的氣溫。

高雄的路樹，從春天便開始開花，洋紅風鈴木先優雅地撐傘，在街頭靜候花雨落盡，羊蹄甲以粉紅色增添濃郁香氣，芒果樹開完小花，便著手結出碩果。最熱的夏天到來時，芒果已經落盡，葉子轉紅，大花紫薇、春不老、阿勃勒、九重葛、鳳凰樹等陸續開花，陽光的畫筆將道路塗得豔燦燦的，輕易讓每個路過的眼神迷途。

女友在這花信緊切的時節，終於傳來考上高雄教職的消息。

等我結束學業，或許我也能調回高雄，彼此的人生將同步向前。

突然想起女友當初賞梅的提議。在夏日，梅花早就凋盡了。或許等到嚴寒季節，能一起看看高雄的梅花，導航地圖規劃的路線看起來雖然深入群山，但其實耗時不甚長。

***

以前讀過一則關於梅花的傳說：宋武帝劉裕的女兒壽陽公主賞梅時，在簷下小睡，正巧有朵梅花飄落在她額上，印出五瓣淡紅色跡，更加嫵媚動人。世人便傳說公主是梅花精靈轉世，嬌軀自然散發梅花暗香。

我當時覺得這故事根本荒謬，公主想必天生有胎記，怕被旁人嘲謔，才為她憑空杜撰這般神蹟。

後來繼續向下讀到故事的結局：宮女們紛紛仿效，將梅花貼在額上，成為一時流行

妝容。公主額上的其實不是胎記，是汗黏到花瓣後，染下的漬。皇后見了特別喜愛，刻意叮囑不讓她洗掉。

或許一直以來，是我的眼睛抹上汙漬，加添距離讓視線更加模糊。我將所有欺身的花瓣嫌惡地撥開，將翩躚的花神誤判為鬼怪。

***

回到新竹，我等候冬天到來，等著實踐存在手機記事本裡的賞梅行程，一邊在網路上蒐集教職的調校資訊。

我漸漸學會，在心驚不定的時候踏進寺廟。最靠近租屋處的竹蓮寺有三尊金身觀音，依高低縱列坐鎮，信眾的祝禱似乎能在疊置的神像間激盪更嘹亮的回響。

我用女友教的方式，舉香至額眉，屈膝跪地，在心底習說不輪轉的台語，向神明祈求，複誦三遍。

離開之後，手仍舊染上紅色的印記，極難洗淨。挪近鼻間，有暗香浮動，就像冬梅的花漬，反覆滌洗擦摩，總會隨時間自然褪盡，但那受庇佑的溫柔，卻已在心底靜靜流行。

水果阿婆

小時候，是在高雄市某個橋邊的路口，遇到那個阿婆。下課之後，跟著媽媽去市區的游泳池上完夜班，恍惚欲睡之間，媽媽停得離紅綠燈很遠，前方路口難得變得空蕩蕩的，機車像被炸落到遠方。

一個阿婆站在馬路中央，綠燈的車流快速而密集地在她身後呼嘯而過。她提著好幾袋水果，像剛從市場採買完，緩緩地朝我們靠近。

夢一般的場景，繁忙的道路為她闢建一塊寧謐的空地，她的腳步踩慢時間。當她越來越接近，時間幾乎暫停。紅燈終止，時間又開始流動，當我閉上眼再睜開的時候，母親已經騎到很遠的路口了。

後來問母親才知道，那個阿婆總是去附近的果菜市場撿爛水果來路口兜售。她會直接走到一個人的身邊，將水果放進車籃或腳踏墊上，再跟人伸手要錢，不買的話就糾纏不休。所以大家只要看到她，都會自動避遠，避免紛爭。

只要騎經那個路口，總看到她候在路邊，堆著好幾袋明顯乾癟變色的水果。不論什麼季節，包裹著厚重的外袍和長褲，彷彿這樣才可以撐住她那瘦小乾瘦的身體，嘴唇已經缺牙下陷，雙頰凹垮成骷髏頭形。頭髮蒼白，可能站在路口久了，全身都灰撲撲的，每走一步周圍彷彿能蕩出一圈塵霧。

母親身上也滿是那種煙塵的味道，即使我從沒確認過阿婆身上的氣味。

●

母親常常不在家。

有時候她帶我去上班；更多時候，她連上午晚班，回來煮完飯就立刻出門。如果真的太趕，便直接留錢給我，讓我自己出門買。

她騎車來來去去。我一個人在家寫功課、看電視，或是不小心睡著。我最熟悉的就是她機車發動與運轉的聲音，還有煞車皮銳利的摩擦聲。

她跟那個阿婆一樣，在外面想盡辦法賺錢，沾一身廢氣味，頭髮也變得乾乾鬆鬆的，像焦裂的落葉。回家的時候，過長的工時還披掛在她身上，一句話要傳進她耳裡，被她周身沉重的時間感抽拉得很長，很久之後才被聽到。

所以我們很少說話。

●

母親一定比我更常看見那個阿婆，一個人孤伶伶提著水果，站在路口。雖然她每次也會避開阿婆，但都沒有別人避得遠，所以母親附近也少有機車，奇妙的是，在那短暫的紅燈片刻，阿婆就是走不到母親這邊來。可能母親熟練到算準了時間和距離，也可能有哪個不熟狀況的人闖進禁區，讓阿婆有更快抵達的目標。

她們每天都在同樣的路口重聚，心裡想著同樣的事，要為枯竭的生活蒐集更多的水分。伸長飢渴的根脈，探往不同的方向，永遠不會互相觸結。

她們同時被拋棄在那個路口。

沒有子孫要把那個阿婆安養在自己的屋子裡，牽引她，用溫柔的笑臉照拂她，不讓她在路邊任人嫌惡。

我的母親和不負責任的父親離婚，一個人兼職償付貸款和繁雜的生活費。她被生活驅趕到家門外，用長久的時間和路程換回少許時薪，孤身在外，受到來來往往的不可知的惡意侵襲。

我覺得她們飄蕩的眼神很像，不斷找尋一個安穩的落點。

●

讀高中的時候，阿婆轉移陣地，來到鳳山與高雄市交界的重要路口。我騎腳踏車從學校回家的時候，會在對面看到她。她向另一個車道推銷，不只賣水果，更賣起果汁，好幾個瓶子裝在袋子裡，裡面是黃澄澄的汁液，路邊散落榨乾的果皮，周圍沾黏著蒼白果肉。

這時候，我開始懂得阿婆的感覺。

***

父親不在。母親忙碌，絕無空閒。她賺來的錢都用來延續生活，用在我身上的也只是拿來繳納必須支納的費用。

我不能有多餘的開銷，沒有零用錢，頂多從吃飯殘餘的錢慢慢積存。我漸漸發現我跟同學不一樣。他們可以穿著漂亮的衣服和球鞋，考試後約去看電影或唱歌，逛街購物。我無能建構他們日常的娛樂與休閒。

我只能一直躲在家裡。如果別人邀約，推說要看書，或是母親禁止。我被父親和母親遺忘在這個空乏的家庭裡，不知道在等待什麼。所有的熱鬧、歡樂和友情都必須花錢。即使後來我長大了，我還是習慣獨自節儉地待在家裡，別人當我是個安靜的人。

我看著每天都可以遇到的阿婆，聽說她其實不愁吃穿，因為這工作沒辦法替她賺到多少錢，但她卻每天站在這裡，向每個過路人伸出手掌。如果交易不成，她竟會機靈地搶走掛在車上的飲料或食物。

她跟我一樣想得到更多，她嘗試去做了，但方法拙劣。她親手捏製的那些果汁，還是像以前一樣，是從爛水果裡擠出來的，而且瓶子聽說也是從路人車上或垃圾堆裡隨手撿拾，不可能有人肯付錢買下。

我們的生活看似平穩，卻都藏著無法彌補的匱乏。

我也想過千百種辦法，但就像阿婆，全部稚拙而不切實際，最後只能被綠燈通行的機車快速掠過。我和那些水果一樣，內裡漸漸被蟲蛀空，連自己都想拋下自己。

***

學生時期多餘的時間，我用來努力讀書，因此考上了不錯的大學，再考上錄取率偏低的公職，終於有了女朋友。

女朋友其實也就是順理結成，相熟的朋友做什麼都在一起，自然就在一起了，繼續保持差不多的距離，也沒有羅曼史那樣兩顆心瞬間失速擦撞，迸發熾烈的愛火。

我從來就不適合和人交往，我生存在壞毀的家庭，家裡每個人都懷抱著被棄的怨憎，生活就是適度保持距離，避免彼此的陰影過度交疊，製造更巨大的深淵。

我已經不記得怎麼主動貼近他人，釋放適當的溫度，如何在對話裡添加親暱的善意。

●

女朋友和我常常去高雄市區看電影。看電影可以分別坐進兩個位置，有時忙著吃爆米花，連手都不用牽。看完電影也該是回家的時間，在機車上簡單聊些關於劇情的問題，或是假裝沉浸在電影裡，久久不發一語。

我和女友都住鳳山，騎回去的時候，一定會看見阿婆。從小到大，阿婆沒有離開，深夜十一二點了都還在，路邊堆滿果汁瓶，手上提著袋子四處悠蕩。路上已經出現一些面貌凶惡，小腿或手臂刺滿遮掩不住的迂曲花紋的年輕人，但不管是誰都退得很遠。即使是不熟悉的，看見這個路口的奇異陣列，也會猶疑地慢下來。

即使每次都想加快衝過路口，但這條路太長，除非一路高速飆騎，否則很難從上一個紅綠燈衝過這一個，而且如果沒衝過去，就得被迫停在很靠近阿婆的位置。所以為求保險，還是提早停在距離路口很遠的地方，阿婆再怎麼走，只是個細小的遠影。如果她真的在短暫的紅燈倒數裡走近了誰，對方也會立刻騎遠。

女友跟所有鳳山人一樣，從小就知道阿婆，但她對阿婆有特別憐惜的情感。

有次看到她成功地把果汁掛到誰的機車上，但之後就綠燈了。女友回頭看，不捨地說對方把果汁丟回路邊，瓶蓋鬆開了，濺灑的滿地都是。

她常常擔心阿婆會被深夜出沒的流氓欺侮，但我覺得她想太多了。阿婆一心索討，凌駕所有常理與邏輯，自成一顆引力與空氣怪異的星球，應該沒有任何人願意降落。

***

從某一天開始，女朋友坐在機車上或吃飯時，話變多了，抓住機會跟我討論更多事，自顧自地和我聊未來，把兩個人融為整體進行規劃，一直向我索討我覺得我給不出的東西。

我開始覺得她是一張黏在我身上的標籤，即使試著避遠撕開，依然留下一大片殘膠。

我覺得我無法走進長久穩定的關係。我沒見過一個時時安居在家的丈夫和父親，又該如何模擬扮演？

我甚至窮困到無法完成一場繁雜的婚禮。我沒有多餘的錢。

她如果繼續逼近，攤開手掌入侵我未來的視野，我遲早要轉動油門離開，像所有人對待阿婆的方式一樣，拋下她在路口空等。

她卻像阿婆一樣，神不知鬼不覺地丟來她的東西，攛掇我的東西。在我猶疑不決的時候就安置好一切，我就這樣被她拽著，拉到即將結婚的路口。

●

依著女友的要求，做出了許多與婚禮相關的決定。我也決定，不需要邀請父親。

等我開始工作以後，我已經不再是一心想掏取他的關注與金錢的小孩，於是他便不再隱身，不時打來電話，憑空擺出長輩架式，只想投機地藉父親之名，不勞而獲，像我耳邊一顆巨大的氣球，總以虛無的炸裂恐嚇。

他如果出現在我的婚禮，就像是不合時宜地站在十字路口的阿婆。說不定他會乘機竄奪他心心念念的錢財，嗜酒的他更能任性狂妄地索討。

他把我們棄置在路口，害我們陷入漫長的匱乏；等我們終於能跨上車子，轉動油門向前邁進，他又鼠竄而出，垮著臉，緊緊咬住我們。

終於輪到我把他拋棄在路口。

後來阿嬤病後過世，聽說父親並沒有幫忙照顧病重的阿嬤。負責照料的大伯說怎麼打電話，他都不接，可能怕別人叫他攤付帳款。

他始終不想付出，像阿婆，隨手擠滿幾瓶果汁，丟到別人車上，就堂而皇之地索取帳款。

婚後我搬去高雄市區，擺脫那個疊滿陰影的舊家，離開阿婆總是埋伏在暗影裡伺機突襲的詭異小城，不用再神經兮兮地保持警戒，安心建立起全新的家庭。已經翻過顛簸與低谷，接下來都該是平順的坦途。

●

後來，新聞開始注意到阿婆。媒體沒有訪問阿婆，反而訪問到她的家人。他們無奈地說勸不動她，她明明自己一個人有得吃也有得住。

我以前的猜想沒有錯，總之阿婆就是被家人拋棄了。與其說她堅持不走，不如說她長期被孤單地流放到這裡，好幾十年無人聞問。所以她可能因此憤恨地捏爆每一顆早已被拋棄的水果，再繼續拋棄更多的水果。

我和阿婆相似。

我憤恨地拋棄父親，斷絕聯絡。我背過身之後，父親的陰影仍然緊緊纏附在我腳後跟。只要我繼續恨著父親，我就還是那個死守在舊家的孩子，一日日把潰爛的父親向外丟。

可能是新聞報導帶動了輿論，很多人認為政府為什麼十幾年來放任阿婆擾民而毫無作為，所以網路上有人看到阿婆好幾次被警察請上車帶走，還把她丟在路邊的水果和瓶罐都裝進警車的後車廂裡。

我開始被父親身邊的人指責，因為父親生了病，退休之後需要依託我續辦健保。他們認為我畢竟是他唯一的後嗣，他年輕時再不負責任，也已經衰朽成一個孤苦多病的老人，血緣的牽連無法斷絕。

父親詭詐地跳過必須擔負責任的時段之後，才悠悠地現身，孱弱地希望我負起照顧的責任。

斷絕聯絡這麼久，父親空下的身影，已經長滿我混亂的想像。他不再真實，扭曲變形，千百副令人恐懼的形貌。

後來我們生了孩子，忙亂一陣，和世界暫時斷訊。等到孩子長大些，才發現父親已經好久沒有撥來等著被我掛斷的電話。故事終於不再停滯，我們好像都長大了一些。

●

為了將孩子送去給鳳山的岳母照顧，又必須經過那個路口，但現在開車，而且在早晨時段，沒看過阿婆。

聽說阿婆自從被警察多次帶走之後，就不再出現了，或許老到沒腳力追趕流閃的機車，也或許家人終於願意好好照看著她。

路口的機車終於恢復秩序，各自在不受干擾的軌道裡運行，不用再遠遠旁觀阿婆孤單徘徊的身影而感到歉疚。

早晨的交流道出口倒是有另一個賣玉蘭花的阿婆，主要賣給開車的人，在快車道這一側活動。為了防晒和避免吸入過多的煙塵，她戴著斗笠，面孔和脖子用口罩和布密實包裹，只露出一對翳在暗影裡的眼睛，手臂套上袖套，穿著厚重的長褲。綠燈時，她縮坐在中央分隔島的小凳子上；紅燈時，起身在每輛車旁巡弋，一手捧一籃玉蘭花，另一手不停甩擺著用線圈束起的一串花，以眼神無聲地詢問駕駛要不要買。

孩子坐在後座的安全座椅上，因為看不見她的五官，甚至無法判斷那是什麼。我故意嚇唬他，說那是妖怪，要走到我旁邊把我抓走，車上將剩他一個人。他驚恐地反覆確認真的假的，眼睛瞪大，半信半疑，仔細觀察走近車窗旁的阿婆。

看孩子越來越害怕，雖然有些好笑，但也後悔起來：為什麼我逃不開關於阿婆的恐怖故事？故事裡，是不是總要有個人被孤單拋下？

賣花的阿婆走過車窗，去到更後面的地方。

小孩故作冷靜地拉遠身體，躲在離車窗較遠的位置觀察許久之後，跟我說：「那才不是妖怪，是賣花的人。你不是說過，花很香嗎？」

孩子的世界，真的和我不一樣。他的故事以單純而美好的節奏緩緩開展，有花有鳥，公主和王子真誠勇敢，萬物都能人擬出燦爛的微笑。

既然他的世界有一座堅固的鷹架，就不該將長年堆積在我這裡的斷垣殘瓦向他身上推。

最後我和孩子道歉，讚美他的聰穎，沒被我矇騙。並跟他說，下次我們和阿婆買花，因為她好辛苦，因為玉蘭花掛在車裡，會讓車子瞬間變成香噴噴的花園。

賣花的阿婆走回陰影裡等候。後來的新聞，水果阿婆被稱為「令人聞之色變」的「鳳山水果妹」，網友說：她走好多年了。

成父之路

我還走在成為父親的路上。路途上沒有明確的界線，讓人跨過之後就知道自己已經是個父親。

只能張皇前行，一邊檢索自己是不是還遺漏了什麼零件，哪裡的裝扮還不夠沉穩，密密縫綴仍藏不住魯莽的氣息浮蕩而出。

本來是覺得，路漸漸沒了，當妻子開始懷孕之後。

原本規劃的國外旅行載不動肚子裡漂游不定的新生命，妻甘願躺臥在窄小的床上，躲開陌生的語言與擾動的亂流，雙手抱著肚子安睡一日又一日。世界只成一條甬道般的路線，出門上班然後回家，和妻子躺在同一張床上，越來越覺得擁擠。她像是要把我一起用羊水溫柔包裹，安然沉睡度過這九個月。

難得去百貨公司，繽紛光亮的樓層像煙火，炸開一圈圈富麗的火光。每一層樓都記錄著我和妻如幻夢般的青春時代。以前逛百貨不慍不火，為了買一雙鞋從下午逛到晚上，我和當時仍是女友的妻就像在草原上遊牧，隨興拔營遷徙，把時間草率地披掛在鞍韉上，被震得顛顛擺擺，即使意外搖落，錯過擲過，我們根本渾然未覺。

年輕時，我們真就走在夢裡，不論多少晝夜流逝，依然看不到夢與夢接續的縫線。不用追，夢就在四周，任何方位都是出路，一切失落都無傷大雅，再朝濕潤的夢土挖掘就好。

既然如此，錢不用寄存在未來，未來就是現在。每個禮拜約會固定行程便是吃大餐、看電影，再買新衣。

常急著趕往八樓影城，停好車離電影開演只剩五分鐘，影城越往裡走光線漸暗，像鑽進山洞，冷氣陰涼，凝住散不開的地毯潮氣。

在兩個小時裡和女友緊牽著手，讓電影帶我們前進，只為打發時間。累的時候，斜倚在女友肩上闔眼小憩，光影被擋在眼皮上跳閃交錯，一點也不覺得可惜。

一出影廳被冷得頭重腳輕，趕緊入廁一個寒顫，剛剛電影的細節都被甩出腦外，只記得要立刻拉著女友去逛街掃貨。

平價時尚服飾店接著開，百貨裡的衣服不再那樣高價，衣物每週上新。歐美休閒隨興、日本嚴謹節制、韓式修身簡約，不再被囚在一成不變的衣著裡，隨手抽幾件，掛好試穿件數吊牌，輕輕鬆鬆套占全新風格。最後把所有提繩塞進機車掛勾裡，風獵獵地吹動紙袋，早忘了總計今日開銷，只聽見美好輕快的節奏。

以前逛百貨，竟像轉著一把好神拖，兜轉個幾圈，時間和金錢就被瀝乾了，但也不特別感傷。因為做了一場好夢，醒來自己渾身綾羅綢緞，還以為大夢未醒。

現在必須將時間和金錢蓄成一片絕不枯竭的水庫，讓夢沉在不容淤積的水底。我們淅瀝上岸後風乾，腳步不能拖泥帶水，一切行動破釜沉舟，緊緊踩著時限。因為妻子走不久，走多了，子宮的空氣全被喘出來，緊縮成一顆乾癟的球。

＊＊＊

從青春步入為人父母的時代，有些樓層不能再去了，我們大多卡在五樓——「兒童王國」，兒童稱王治國。為了備妥孩子的衣服與各式用品，看見亮眼新衣，忍痛原價入手；翻搶折扣花車，湊滿三件更低價；資深阿姨聽我們第一胎，熱切推薦哪些該買，我們就憨傻地全刷進帳單裡，提袋滿滿卻全是無法立刻派上用場的備品。

電影在八樓持續播映，那些特效堆疊的故事不再傳訴到耳中，再也走不進放映機投射的光，像天邊漸收的夕陽，我被遺落在五樓的淪陷區空轉，這是我成為父親之後的無夢時代。

●

兒子快出生時，為了登記月子中心，半夜出門排隊，氣爆正要發生，氣味已如幽靈隱約閃現在空氣中。火還沒燒穿城市的腔腸，臭氣先噴飛馬路的人孔蓋。我從後照鏡看見一整排人孔蓋像被開罐器一一撬開，聲音響亮到地面都在震盪。

或許當我轉彎向北之後，火就開始撕裂這絲線般脆弱的路道，燒亮深夜的天空，用劇烈的震波擠壓眾人的夢。

我只能不斷向前，沒有退路。

避開室外由排水孔散出的濃重的瓦斯味，將自己排進一間會議室的號碼裡，哪裡也不能去，只能等候早晨才能正式登記。我像漂在水族箱裡的魚，不論夜陷得多深，裡面永遠螢亮恆溫，藏在牆板後的冷氣轟轟運轉。

我枯坐著，一邊看網路上的消息與影片，覺得那些災難畫面就像過去的生活，全都湮沒在碎石瓦礫裡，顯得遙遠而不真實。

我們住在光華路，災難婆娑蔓延的邊界。妻子說她不敢搭電梯，挺著肚子從十三樓走下來，覺得世界下一秒就要毀滅。她只想著要如何保護孩子，又不讓自己過度匆忙，才能安全離開被震得搖晃不止的高樓。

她就算被圍困，仍有明確前進的方向。母親的路總有光明的指引，災劫全被推遠成天邊一閃即逝的流星。

用胎兒父親的身分登記簽名之後，小姐禮貌地說靜候通知，但是回家的路一一封

絕，我用電量即將耗盡的手機反覆查索管制路線，最後懊惱地想著路確實沒有了。

似乎是整個城市刻意調動一場巨大的災難，將還猶疑的我逼上父親的路道，我卻還不知該往哪走。

***

過沒幾個月，妻子出現產兆後，就到醫院待產。那天夜晚還很長，本來會做的明日工作預備和睡眠都變成漫長的等待，我只能坐在椅子上，被日光燈炯炯逼視，被機械音響規律地敲打，偶爾溫聲軟語地握住妻子的手。

我的時間感或許就是從那時開始停滯錯亂。妻子應該無暇感受時間，當痛覺瞬間將她奪走，像一張被迅速抽走的桌巾，我卻如一只玻璃杯完好地擺置在原處。

妻子後來被推進產房時，已經是早上了。我坐在金屬光澤的自動門外，因陪產不用上班。身體銘記的節奏全都停擺，我困坐山洞，自動門開開合合，有如山石由兩端朝我夾崩而來，我掩埋在連時間也無法通過的碎礫。

兒子後來被推出來，護理師對兒子溫婉微笑，如諦視一尊末世中誕生的救世主。妻子後來也被推出洞穴，送進樓上的病房。她的時程表開始捲動。

只有我還被埋在此地等待。

●

兒子出生之後，和妻子住在月子中心。

時間壓縮。

初始，兒子被充滿笑容的護理師溫柔豢養在玻璃箱罩裡，妻子忙著擠奶、餵奶，清洗烘乾各種細碎的擠奶器零件。我有時協助按摩通奶與清洗，還剩下一些時間，可以在月子中心的小房間裡看電視、滑手機。

當時整個城市、臉書與每一台新聞畫面，都在找氣爆時消失的消防隊員，每日都有新的推論與進度。我的悲傷也像畫面上挖不完的黃泥，不知道該往哪裡堆放。

我也幽閉在這棟月子中心裡，幾乎不回家。下班之後，就在嬰兒室與房間之間移動，像被鎖在籠裡不停嗅聞地面、上下鑽探的鼠，出外只是買吃食或是嬰兒用品。

妻子不能吹風，窗簾和窗戶沒開過，隔音又阻光。我們飄移在時間的真空裂縫中，

偶爾出神彷彿能晃見過去的自己，正神情愉悅地蹺腿躺在家裡客廳的沙發上，臉上全是手機影片流動的光影。

當消防員在讚嘆奇蹟的歡呼聲中被找到時，已經過了五十幾天。妻子還在假中，但已經跟兒子一起返家。她跟著畫面中的家屬一起慟泣。體內波動的賀爾蒙，將她的情感融成一灘不小心就潑灑而出的水。即使孩子離開她的身體，她還是能敏銳感受孩子嫩芽般的情緒，一起微笑，或在孩子嚎哭不止時一同流淚。

●

即使返家了，我依然被埋在孩子雜瑣的作息裡；但也漸漸習慣了，像終於從暗無天日的地溝向上攀爬，使勁推開人孔蓋。

雖然與其他人一樣，被新聞裡鍛造的英雄奮戰故事感動，但我也同樣關心自我的重獲——面目蒙塵斑駁，被孩子的連夜啼哭奪去白日心神。

比起妻子，我的情感越來越薄脆易裂，疲憊像薄冰，一點小事就隕墜，自己都不認識自己。

當父親或許就是不停受困與脫出的過程，無間斷的新陳代謝，自己的部分越來越少，孩子的部分越來越多。我總想著：這樣殘損的我還是我嗎？

我從生活的坑穴與磧礫裡爬上來，孩子此後在前方引路，不像妻子會覺得那是她身體的一部分，心甘情願相偕前行。我就算抵賴佇足，也只有這一條路，不情願也得走上去。

●

妻子回去上班之後，便由我負責接送孩子給鳳山的岳母照顧。從前鎮到鳳山得越過國道一號，本來就常和上交流道的車塞在一起，最常走的三多路、二聖、一心路，全都封鎖在漫漫無期的氣爆重建布告牌後。只有繞到建國或九如路才能通往鳳山，上班時所有無路可去的車全擠上這幾條路，出門時間得不斷提早，用曚曖的天光和滿眼睡意，換來通暢無滯礙的時間。

那是多出來的路途，唯一且必循的路。

上下班通勤時間從此多了二十幾分鐘，加上本來的二十分鐘，幾乎兩小時都耗在車上，多少能盡速完成的事都暫且被拋在車外。只能聽廣播報時、報新聞，然後節目換檔，或是立刻把新出的專輯聽完一遍。唯有聽覺能派上用場，手腳和眼睛都被繫鎖在車上，權充為運轉的零件。

他是車廂裡的王，我得小心翼翼地運送他，盡量不要碰撞任何情緒的火花。否則當他開始哭泣，只能用花式起伏的聲調安撫，將自己巧扮成一顆沙沙作響的甩鈴。

和妻子抱怨，她手勢俐落地拍嗝，有些生氣地說：「這不是我們的孩子嗎？你可以不要只想到自己嗎？」

我推說我只是抱怨路況，這種盲路，誰能像她平心靜氣地禁受？我早就已經不是自己了，只能在迴圈裡轉，孩子卻能橫霸地成為世界的中心。

面對妻的理直氣壯，燃起為母高張的氣焰，我只能受熱萎縮，臉面全內凹進皺摺裡。明明一起走上父母這條路，她怎麼就走得熟門熟路，像一隻老馬，眼神毫無疑慮，定焦所有霍霍浮動的事景，每個腳步都踩出自己的節奏。最重要的——孩子到她手裡，就漸漸停止哭泣，最後被睡意淹沒。

當我以為路漸漸沒有了，一起停下腳步的時候，她靜靜地轉往身體裡走，劇烈變化的身體就已經是一段路程，還把地圖拓廣，感情越走越深，隱密地和孩子規劃了未來的路徑。當她和孩子一起滑出產道，立刻接上一條高速迴旋的滑水道，我在此端高處只能渺渺看見他們在遠方激揚歡快的水花。

男人的生產之路，或許是相反的。

為了將生出來的孩子塞回自己體內，一再清空自己，刮除老廢死皮般的過往，經歷悠長的陣痛，在間歇的痛感裡將自我痛失再尋回，才能和孩子共存，但這只是妻子當初和孩子一起上路的起點。

●

三個月後，封鎖的道路修復了，重新通車。兒子也已經三個多月。飄浮不定的作息都漸漸沉落下來，日日見面終於堪稱熟識，習慣他不安定的存在。

我重新找到一條更快的路線，原來根本不用走平面道路，直接往小港方向上交流

道，再從最接近鳳山的出口下來就快到了。躲開無數個面色難料、陰晴不定的燈號，可以省下許多摸索猜疑的時間，孩子也不再被走走停停的龜速壓制得失去耐性。

換了條路，但路還是只有一條，卻是由自己昂首引路。之前以為是孩子拖著我走，但那只是因為消沉駝行時，將所有背後的風景看成了前程。

未來的路，是自己的，也與孩子的重疊，雖然還是遲了妻子許多，但我已經確知腳下是一條不分彼此、沒有終點的成父之路。

離宮的人

剛回到這座大城工作時，參加資訊展，有群特別熱血的業務在走道間奔逐，邀請路人幫他們填寫資料「加分」，臉上的笑容持續焚燒亢奮的熱氣，烘得人暈沉沉的。清醒時，我已坐在攤位上，業務拿著遙控器，準備播放動物影片。她一再強調這非常有趣，興奮的情緒蔓延全身，手指一直在我眼前張舞。

「我們來看鴨嘴獸！四肢短短的很可愛。而且你知道嗎？牠們在水中竟是閉著眼睛游泳喔！」

影片的確有趣，鴨嘴獸的眼睛小又黑，閉上眼也很靈巧。但看到一半，我就開始想等下如何離開。果然幾分鐘的影片結束後，業務拋來更多問題，另一個資深的業務坐

下來，桌上翻開充滿圖片、文字與數值的資料冊。

他們早已設計好所有拴緊顧客的手法，不容人鬆落。情緒的煙火漫天施放，我只能驚詫仰望，找不到靜默和黝暗的縫隙讓人閃躲。隨著時間拖長，我頻繁挪動身軀，東張西望，她想必已然察覺，面皮底下的光源微微調弱，但表面依然延燒著熱烈的談笑。

「要看看走路的魚嗎？」她想再播下一段影片。我不記得這漫長的推銷何以結束，我到底有沒有深潛到情緒的斷層底下，挖出生硬拒絕的語句？只記得離開的時候頭臉紅熱，手腳冰涼，全身血氣浮騰到頂。我走得扭擺抖顫，恰似一隻鮮少陸行的鴨嘴獸。

●

後來與在此城工作的妻子結婚，租住大樓。妻子懷第二胎時，岳母便提議：女兒可以回家坐月子，她來照顧。

我們正為了各種可能的抉擇與開銷昏亂思緒，想在擁擠的生活中湊出一條活路，岳母的提議像一輛堅固的跑車，及時載我們闖越預算的底線。

我的岳母，常有那種專注開車的眼神，彷彿只有她知道方向。

一起吃飯結帳時，她總先站起身，把皮包拿在顯眼的位置，搶先說：「我請客！」

結婚當天，是她唯一一次到訪我們嵌在大樓裡的家，眼神四處掃射，像影印機透明玻璃底下疾掠的光，再怎麼精緻的整理和擺設，都變成一張狹窄的A4紙。

她穿著紅豔喜氣的繡花旗袍，坐在客廳的沙發上，旁邊坐滿了人，她的手掌只好交疊膝上，後來的人只能站著。她堆疊合宜的笑容，眼神卻被擠到無處安放。向外逃，也只是被隔壁棟大樓的反光窗面折射回來。在眼神的遠近移轉切換間，可以窺見她內心隱密的趨向。

●

妻子生產後，住完健保規定的天數後，便依約返回娘家寬闊的透天厝裡。我提著從家裡打包的行李一起入住，大多是我的衣物和生活用品。妻子的東西不是舊房裡有，就是已被岳父母備妥。

妻子回到她最熟悉的處所，她從小住大房子，在三樓有自己的房間和浴廁。兒時的教科書和照片還放在書桌上，抽屜放著沒用過的筆記本和文具。我細看她和閨蜜在房間裡的自拍，放肆的青春如此寬闊，小小照片擠得下這麼多張笑容。

岳父為了我們挪動家具，添購床架，拼出兩張雙人床，再放入嬰兒床。他自在地調度空間，像懸浮在半空中的魔法師。

除去照料嬰孩的時間，妻子必須一直躺臥，大量吃食與睡眠。她像一枚沉入水中的發泡錠，瞬間化成歡快的氣泡。我卻有如被困在水族館飼養槽裡的企鵝，怎麼縱身跳躍、撥動翅膀，都是偷來的畫面，不在現場的偽裝。

在妻子家裡必須不停爬梯，無法安坐片刻。岳母的膝蓋不好，岳父張持著莊嚴的距離，因此他們很少爬上妻子的房間。我常被叫下一樓端飯菜，拿替換的物品，或是幫妻子冰凍母乳，外出購買嬰兒用品，像是一條被眾人操控，載運物事的迴轉履帶。

若下班後能回自家拿東西，便不用和岳母在一樓談話吃飯；夜深後，他們上二樓準備入睡，我能暢行無阻直達三樓，一腳跨過長夜。睜開眼，擁有重新整理好的自己。

我必須像防火巷裡的貓一樣躡足行走，將橫衝直撞的眼神和聲音留在街路，在暗影裡舔舐髒汙的指掌。

我累積的疲憊與怨憤只在三樓向妻子傾訴。在透天厝裡，感受分層隔離，岳父岳母或許也在房間交換對我的不滿。但共聚一堂時，我務必渲染或浸入和樂的氣氛，擔任稱職的丈夫、女婿和父親。我突然理解當初那些業務的心理，我們都被成熟地包裝在他人的商品裡，卻總有一部分真實的自己仍窩藏在某處。

***

我不時想起影片中介紹的，與動漫中的可達鴨和泰瑞相似的鴨嘴獸。鴨嘴獸是層疊拼接的動物，為了不被自然淘汰，從內到外都是趨同演化，集結最適合生存的特徵——河狸尾、鴨嘴、水獺身體、鵝掌。許多能分泌毒液動物的基因，也攪進鴨嘴獸體內的毒腺裡。

我常想，在水面照見自己模樣的鴨嘴獸，是否覺得自己畸怪醜陋呢？

我想盡快返家，離開此厝，心中燜燒的怨憤開始灼傷妻子的眼珠。岳母說過坐月子不可以哭，將留下一輩子的傷害——視力缺損，眼界限縮。

妻子哭了，岳母千交代萬叮嚀她不能哭，不聽話的女孩，因此她哭得更嚴重，眼睛蒙上一層又一層的水霧，洶湧的淚水將她回沖上游，她想要洗淨身上雜駁的瘢痕，變

回無憂的新生兒，只留下黑色的瞳孔塞滿眼眶。

岳母隔天看到妻子的眼睛哭腫了，露出擔憂的表情，轉頭瞅我一眼，想是等我不在，岳母才會用話語輕柔地擁抱、哺育她。妻子生了小孩，獨立為一座房間，卻還可以暫遷回她母親的房間裡。因為透天厝有足夠的躲藏空間，我也在妻子的房間裡不計後果地任性撒賴。

●

從小住公寓，我習慣小房子，自家陽台與鄰棟陽台垂直併接，鄰居只要走出陽台，便能掌握電視正播放的節目和我們的字字句句。由於戶數和樓層少，聲音、氣息甚至感受都特別緊密，鄰居在家裡吵架，我也氣沖沖地想回嘴。

兒時的母親和現在完全不同。放學後，我總等她回家，張大耳朵接收門外關於她的任何聲響，想和她聊學校的事，把在外壓抑的惡意一口氣宣洩，混在嘈雜的抽油煙機和鍋鏟擊打聲裡，夾纏蒜椒的爆香。

其實種種誇大只是為了等她以叨念回應。

我睡在以木板墊高的和室小房，有一整面書櫃。關燈後，木板張出許多黝暗的孔竅，似要把剩下的空間吞盡。房內開向後陽台的窗常常緊閉，因為外面掛滿一整排隨風飄舞的衣物。我害怕領口探出鬼眼偷窺，夜裡裹在棉被裡流汗哭泣，直到睡意滋潤抽芽。如果半夜做噩夢，就僵在床上大喊媽媽。

以前只怕，現在卻懷念那時緊密的安全感。流淌的情感，總有人立即撈起回擲。母親至今不常出現，妻子產後，我們更少見面。或許母親的公寓太小，無處容納我自成一家的煩惱，那已是她收藏孤身生活的祕窖，我必須獨力起造宮殿。

***

男人可能同樣需要坐月子，強健心靈。

被嬰孩掏空身體，新生時間推移我衰老的臟器，責任感如收縮的子宮逐漸凝聚，產後同樣陣痛，生活如惡露，不斷帶血流失。

成為兩個孩子的父親後，忙碌的建造者不再有脆弱的餘暇，心底濕軟的水泥，吐出口盡是一條條剛勁的梁柱。

鴨嘴獸是卵生與胎生的過渡物種。母獸敷卵後，緊接著哺乳，或許濕濡的親密關係對鴨嘴獸也是一種過渡。褪除卵殼和胞衣後，成年後偏好獨居，因此和其他鴨嘴獸常有衝突。公獸後腳有毒刺，交配季時，為了爭搶與箝制母獸，才開始分泌毒液。

●

月子快結束時，我回家打掃，準備將妻兒帶回來。

家裡一個月沒有住人了，空氣被氣密門窗羈押，被迫和木質家具同囚，蒸出熏人的體味。灰塵沉睡在地板上，遮去反光，像茫茫的夢境。

準備給嬰孩的睡房，本是我的書房，除了書桌書冊，還有部分堆高的雜物，空間需要精打細算才能重現。當初任意棄置，終究得費力清理，再跪伏地面檢視，彷彿向這房間虔敬地道歉，終於回收放縱的過往。

我必須拆掉書桌，拼裝嬰兒床，兩件都是從ＩＫＥＡ買的。ＩＫＥＡ了解現代狹小的空間只能放入一種自我，多的必須再按原說明書拆解封箱。

岳母曾問過妻子：「再多住一個月？月子坐久一點，這邊煮東西給你吃方便。」

那時，我安靜地坐在角落滑手機。

妻子說：「不用了，我們回家。不好意思麻煩你這麼久。」

我點頭。她像是我的聲帶與喉管，恰巧說出我想說的話。

她在那一瞬間從房間消失，只剩下我和岳母看往不同的方位。

●

回大樓後，少了岳母的輔助，嬰孩鎮日哭泣，窗戶長期密掩，隔阻哭聲。最該安撫的其實是大人，不准失控吼叫，徹底消融進孩子波湧的情緒和需求裡。

住在大樓，原本就是一種消失的練習。

兩房空間狹小，卻得和嬰孩一起書寫生活的新篇章，因此日日相互複寫與侵占，體液交混：眼淚、口水、鼻涕，揉進衛生紙，黏結在同個垃圾桶裡。協力接棒汙黃同座馬桶。地板鋪滿落髮、腳底分泌的汗膩，按鍵開關漸漸押黑，生活一下子就髒了。

五官的隔膜與孔穴被撬開，和整棟大樓共通，他人氣味流過，抽油煙機、陽台的煙焦味、掀蓋的洗衣機、浴室頂板上的排水管線飄下的臭味。有時還能貼近他人濕滑的肌膚，嗅出沐浴乳的品牌，或從馬桶底部探出耳朵，和剛挪開臀的鄰人一起按

下沖水鈕。

開窗便能收藏別人的生活：旁若無人的赤膊與盛放的內褲花色。聲音還是最有想像空間：甩門和哭喊、深夜的腳步聲，或是熟睡時從床頭篤篤敲打，彷彿想擊碎他人腦骨的惡意。

因此，大樓電梯裡的公告張示：「不可發出太大的聲響，腳步輕，不拖曳桌椅。」我們僅是大樓裡傳導感知的介質，緊密地保持疏離，不存在的存在，隱身的現聲。

嬰孩哭聲能撕毀所有空間，即使我躲到公司也飄蕩在耳際。時時疑懼哭聲是否使我們向來平穩的小舟偏越航路，壓高鄰人的水線，瀕臨潰決。書上說，哭不能立刻抱，會寵出依賴的性格。我和妻子盡力遵守，精密飼育，怕哭真止不住了，變成武器，被他無盡的慾望劫掠，摧毀規律的作息。

養育孩子像訓練他成為不哭泣的鴨嘴獸。大人都曾是離開子宮的人，坐月子的船，把殘存在體內的淚水哭竭。再練習長出防水保暖的毛，能夠閉眼泅泳，不被任何情感淹沒。最後才提起勇氣，逐步跋水涉入情感潮湧的世界。

孩子這頭幼獸尚未甩乾身上的水，笨拙又蹣跚地拖著短腿，哭得粗嗄嘶嚎。

或許大樓正是最適合訓練鴨嘴獸的巨型水缸，裡面塞滿千萬隻密密麻麻的成年鴨嘴獸，灰黃毛皮彷如泥煤。牠們閉眼游泳，用敏銳的觸覺和神經脈叢感受幽微的電波，不相碰撞。對每隻鴨嘴獸來說，牠們正各自孤寂地泳渡這片漆黑空蕩的水域。

●

上班前，抱嬰孩搭乘陸續擠入鄰人的電梯，幾次開關門延長沉默的時間。我將嬰孩放進安全座椅時，輕撫低語，希望這天他能在前往保母家的路上悄聲安憩。

駛出車道，車輛按管理員指揮一一匯入馬路。我打右轉燈，偏往最外側的右轉道，小心保持平穩，不打擾任何人。

直行車在直行道上，紅綠燈在安全島上，我和嬰孩在車裡分別獨居，闔緊眼皮的鴨嘴獸終於全部泅入水中，安靜撥動自己的短蹼。

36

36

你三十六歲，你拯救世界的方法是：
讓六歲的孩子擁有六歲的爸爸。

芒果在哭

放假的時候，兒子常常在午睡過後，和妻子的父親，也就是他的阿公一起到鳳山的熱帶園藝試驗所運動。環繞園區的柏油路起起伏伏，經過湖泊、果園、鳳梨田、稻田，沿路都是遮蔭的大樹，慢慢走一圈可花上半小時。

我年輕的時候常去慢跑。傍晚尖峰時段並不好跑，人潮三兩成群，覺得自己像在縫隙中滲流的汗水，有時還得推緩腳步，等待人與人併攏的肩臂鬧門重新開啟。

兒子常撿一些花苞、種子或果實回來，一回家就興沖沖地清洗他的採拾，珍重地放在編織木籃裡。有時即使只是一張普通的葉子，或是常見的阿勃勒黑長莢果，他仍興奮地向我介紹，逼我再上一遍阿公的植物課。

他去那不是為了運動，也不是為了讓我和妻子清閒一會，那裡是他的實境遊戲，隨機掉寶，充實道具袋，植物知識的升級。

●

春節剛過，夏天還沒來的三月，他開始帶回一些嬌小的土芒果。分明是果實，卻硬實得像種子，木籃裡越堆越多，每一顆都是他反覆把玩精視的鑽石，眼神昂貴，不拿來吃，也絕不准我丟。

藏品不易腐敗，只是斑斑點點，有如印上兒子小小的黑指印。最後不知從何而來的黴根栽出豐盛的棉花白霉，我才能順理成章地一口氣扔掉。

南部路上到處是土芒果樹，叫做土檨仔，軍營裡面常種，因為枝葉高聳茂密，樹冠鬱閉，具有遮掩軍事機密的效果。又因為早年物資缺乏，日治時期便將芒果製成罐頭送至內地。後來芒果品種多了，皆是豐碩多汁的上選，被時代留在原地的土檨仔便任過路人取食，或做成情人果、果乾，重釀童年的趣味。

兒子每在路邊發現一株，都要尖聲喚來眾人眼前。以前不曾留意，只記得小時候父

母曾幾次帶土芒果回家，我卻沒吃過。

那時爸爸會自己削製成芒果青，我沒看過他的製作過程。偶爾深夜起床上廁所的時候，看見爸爸不知何時回到家，電視聲音只在他與沙發之間流動，桌上擺著一盤插上牙籤的芒果青，還有一瓶透明的酒和小菜。我嗅不到任何芒果的味道，只有被體熱烘出來的混濁醉氣。被爸爸獵食的眼神發現之前，我趕緊將門縫掩實，悄聲躲回被窩裡。

後來那盤芒果青沒吃完，包上保鮮膜，冰到冰箱裡，我不敢吃。爸爸一陣子沒回家，那盤芒果青被推到冰箱深處，水分脫得徹底，變成一片片爸爸染菸漬酒後，暗褐色的唇。

媽媽有時會提一大袋土芒果回家，沿路散發著鮮豔的香氣，不知是跟誰買來的，也可能是認識的歐巴桑贈與她的。她會到廚房流理台，自己剝著吃。我看她手上嘴邊沾黏濃濁的黃液，滴落在流理台鋼面上的聲音特別響，是一顆顆星碎的糖。

香氣溢滿全家，她向久站在她身後的我說：「你應該不喜歡吃這種東西。」她試著翻撿幾顆，嘖嘖唇舌，可能覺得那些又醜又小，吃完牙齒只咬下大量纖維，我也就一無所獲，自討沒趣地離開了。吞回口水，坐進書桌，讀她希望我讀的書，考好她希望我考好的試，我們的心思永遠不會有任何交集。

或許當時的父母就是從那看不見身影的樹下，帶到家中暗地裡吃。即使芒果被握在他們手裡剝皮削片，依然懸得又高又遠，逆光藏在看不清的枝葉間。這家裡愛的產量稀少，自供自給，他人只能聞香而去。

●

太陽越來越熱烈，土芒果也越結越多，熟成的慶典，整個城市的天空掛滿了碧綠的燈籠。把機車停在人行道上，兒子就能撿到滿滿一車籃的芒果。

兒子每天都想去園藝試驗所，怕芒果都被其他歐巴桑撿完了。我實在拗不過他，終於第一次陪兒子去。

兒子一路叨叨導覽。他清楚每棵芒果樹的位置。走到樹下，以樹幹為圓心向外搜尋，有些落果看似完好，其實翻過來已在落地時砸裂，兒子會可惜地指出那條慘白的溝紋。有些被鳥或松鼠啃出奶黃色的籽；有的落地過久，發黑飛蟲。其實走一圈沒能撿到幾顆完好的，要極度幸運，才能走進恰好落果的千分之一秒。

親自走過，才能撥開纍纍樹冠，看見滿地無聲的夭折。原來兒子返家後的喜悅，

是無數個目光錯擦，重複彎腰蹲地、撿起又拋開的動作，憾恨地踐過那些落地成石的籽，才有滿袋的收成。

又再想起——後來我的父母，繼續錯開吃芒果的時間、地點與方法，躲開我貪嗜渴嘗的目光。等到我小學畢業的時候，也是芒果成熟的季節，像一顆熟果離枝那樣，兩人自然分開了。芒果香氣從此封存樹梢，遠遠看去一串串緊密地湊著，像家人一般，無從攀折，我再也沒有剝開的欲望。

為了不讓這趟成果輸給阿公，掃除兒子的失落，我試著撿長長樹枝延展觸碰的頂點，或乾脆丟石塊、從遠方助跑跳躍，希望搖撼早已熟透，卻遲疑著不墜落的果子。夏天還沒正式襲來，天氣偶爾陰雨，溫度升降不定，騎車時畏寒而穿上的外套，因為這些熱烈的動作而被脫除。我們曝晒在陽光下，直到成功打下好幾顆，已是滿身大汗，衣服晒到都能燙傷身體。

看見兒子小心翼翼地將芒果捧著，遞給妻子，請她以濕紙巾細細揩拭蒂頭斷面湧出的汁液，取回諦視後再塞進口袋裡的心滿意足，我才感覺到運動結束後的通體舒暢。

因為親手打落芒果，才知道芒果剛摘下來時，接近蒂頭的樹枝截面簡直像根水管，汩汩流淌大量的果膠，黏手，其中的漆酚還可能咬傷皮膚，造成過敏紅腫。即使危險，濃烈的香氣仍讓我忍不住湊近嗅聞，那不是單純的果味，其中摻雜清新的木質香。

兒子回家後，分享一個童趣的想像：那是芒果在哭，因為它離開了爸爸媽媽。

即便如此，他的芒果癖無法克制。而且阿公有說過，果膠流得越多，果肉更加甜熟多汁。兒子始終不喜歡碰觸黏膩的果膠，不願過度接近可能的悲傷與傷害。我常作弄他，幫他擦拭乾淨後，假動作將他的芒果占為己有，不輕易歸還。他跳腳氣哭，在我身邊兜繞，我卻仍止不住笑。他的眼淚和我不一樣，卻和芒果果肉一樣香甜。

這麼熱的天，芒果真的全被蒸熟了，父母分別所在的城鎮裡不知道有沒有同樣的風景。好幾年了，我們的夏天已經不是同一個。

●

阿公有天和兒子撿到終於熟透、比較大顆的土芒果，手感對了，像一雙厚軟發熱的手掌。阿公立刻備刀清洗，要讓我們品嘗初夏的滋味。我和兒子就碗啜吸，怕黃了衣領，也捨不得蜜糖般的汁液。阿公則是繼續在廚房裡用鹽水、糖汁浸泡青澀的生芒。沒想

到這麼快，一碗削得薄脆的芒果青便放來眼前，未融的糖像動畫後製的寶石光顆粒。

我終於吃到土芒果的各種滋味，原來這麼好吃，酸澀脆甜各自均分，一艘駛入口中的平穩小舟。我羨慕兒子那麼小便能享有如此口福，順便吃下產地與製程，早早知道芒果這麼甜。

之後，我更常主動帶兒子去找芒果。

近來發現衛武營都會公園植有大量芒果樹，以前的軍營讓位給公園綠地。過去重重危機下掩護機密的樹叢，現今成為任人取用的糖果盒。午後常看到老人拋繩掛枝，劇烈搖晃枝條，芒果沉沉落下，提著塑膠袋伺機窺探的歐巴桑立刻群擁而至，瞬間將落果劫掠一空。

我過往的戰爭時代也結束了，有兒子的和平盛世，沒有祕密。

●

有次我找到一株容易爬的樹，趁沒人經過的時候攀上去，心虛摘下一顆特別飽實的芒果。雖沒辦法到更高處，穿越茂密纍實的樹冠，但我和兒子高低互視，共享得果的快意。

我跳下樹，用手拭淨那個偷偷哭泣的孩子，慎重地交到兒子手裡。我滿手汁液，一開始如涕淚黏稠，後來搓搓手，不癢，僅餘清爽的香氣，被兒子親密地兜進他飽實的口袋裡。

是我的美

女兒愛我的時候，都不在我面前。

我總聽說她在妻子面前，愛我愛得死心塌地，買東西記得挑我一份，拍照時提醒要傳給我，與每個人的相遇都是與我的錯過。但在我面前，卻不太好親近，我越靠近，她越抗拒；我若親吻她臉頰，她只感覺到濕黏，還急著抹回我身上。擁抱有體感的時限，在我覺得還想延長的時候，她已經受夠了。我若責罵她，她把頭偏開，眼神立刻銳利地瞪回來，我也不甘示弱，兩道灼熱的眼神互相焚燒。

她才四歲，愛就已經下掘得那麼深，猶如遍布坍塌與爆燃危機的礦坑。

和她吵架的時候，她總能挺著倔強的個性，無視我所有的言語。

「不要買玩具給你了。」她就說：「反正媽媽會買給我。」

「不要帶你去便利商店了。」她就說：「我根本就不想跟你去。」

我氣得去跟兒子取暖撒嬌，每一句甜言蜜語都是精心為女兒設計的，兒子也早已習慣配合演出，也好乘機弄假成真。我偷看她的時候，她就不看我。我裝作不理她的時候，能感應到她隱約的眼光。

我們等著彼此失守。她年紀小，總會禁不住徹底潰堤，那些僵硬的憤怒與冷語全部被她哭泣的臉揉出水來。她會奔向我，不顧一切地投入我的懷抱，蠻橫地拿走我早就等在那裡的安慰。這時候我們無條件收下彼此的話，再次完成柔軟的承諾。

「下次不可以這樣了。」

「好。」她的抽咽變得甜甜的。

隨著她的年紀越長越大，她全面潰堤的時間點也越拖越久，甚至有時候就這樣平靜地過去了。

我的每一個言行，都是她的讀本，她漸漸知道，我們之間總有一個人要退讓。她也學會我對待妻子的方式，用撒賴與嗔怒換取疼愛，以苛待自己獲取他人的寬待。常聽妻子抱怨女兒的所作所為，我幾乎全然陌生——任性、嬌縱、敏感易碎，需要大量的肯定與關愛。偶爾我撞見，女兒立刻錯開我的眼神，收起所有聲音，像不小心照到鏡子一樣，默默地退回一個小女兒的位置。

妻子說我們很像，我們有相同的眉眼，她的正要捲起浪濤，我的隨時可以隱閉養神，她眨一下眼，就是一次密林的深陷，我揉揉眼睛，手背鋪上落葉。她是我原型的美，我已在黑洞旋轉，凝望著恆星燦爛的誕生。

究竟是女兒學我，還是我心裡就住個女兒？聽說女兒是前世情人，我覺得她更像是前世的我。

我曾經和她一樣，是個愛漂亮的孩子。過去我不敢張揚，一方面是我真不夠漂亮，另一方面是不被允許追求漂亮。

我喜歡花俏的衣服，穿得越不合時宜越狂喜，讓別人看到某些衣服式樣花色，就浮現我穿套其中的幻影。

我喜歡買衣服，存很久的錢，一整個假日，轉乘好幾次的車，走遙遠的路，試穿比價、掃街巡店，再耗費同樣的腳程與車程回返，帶回一件花色與質料均佳的衣物，是多麼值得不顧成本而必須完成的充實事。但我記得媽媽最常說的話就是：「你穿這樣做什麼？又不是去走秀。」

人生不能只是走在一條伸展台上嗎？

媽媽整理我的衣櫃，罵我的衣服花掉太多錢，該怎麼存錢，有閒錢就該去想辦法投資存利，滾出更多錢。於是我買衣服回家前，先在門外偷藏在外套或背包裡，或是直接夾貼在褲頭。我一心期待每天有不同的衣服可以換，打開衣櫃，能盡情無視時間、猶豫不決，在翻找時能有久別重逢的驚喜，或是試穿選搭的衣物不知不覺鋪滿床單，耳畔自動奏起時尚的配樂，我是飛上枝頭化為鳳鳥的女主角。

媽媽常把我衣服洗壞，白衣服變紅，黑衣服褪斑，濕衣服久憋在洗衣機裡，氣悶地冒出彆扭的皺褶。我練習手洗，用手指感受衣料的價值，每一吋白都是必要惜存的珠寶，脫水完使勁甩，為暫時借穿我衣服的衣架打理最硬挺的造型。

做一個孩子時，還不知道裝扮自己的氣質，細聲細氣，可以推給尚未突起的喉結。沒有男子氣概，也合理——由於家裡只有媽媽。導師在成績單上寫著多愁善感、纖細敏銳，因為我轉開鑰匙之後，直到睡前，只能和自己說話。每天在學校和女生混在一起，因為我覺得男孩們似乎都和爸爸一樣粗野，總對親愛的人動手動腳。

我和女同學一起挑選開架保養品，不化妝也需要化妝水清潔、保濕與收斂，乳液清爽抗痘，去角質真的能推出一層黑垢，不能太常用。在屈臣氏或寶雅之類的精品百貨可以逛上半天，試戴墨鏡與花裡胡俏的髮飾，也挑了精巧的戒指與項鍊，和女孩一起嘻嘻哈哈地結帳，尚未感受到那些投往女孩的眼光，與投射到我身上的有什麼不同。

後來被別人從正面或背後議論起穿著，一點點花俏，娘味滿溢，褲子往膝上再短一些，偷覷的眼神充滿詫異與輕蔑。若穿上粉紅色，我竟然就朝世界多前進一步，有些裂痕馬上因為被過度擠壓而發出碎響。媽媽的眼神總藏在旁觀者的後腦勺，陰狠地斜勾著我，像正在低聲叨念：「我早就跟你說過幾千幾萬遍了啊。」

後來我不再跟別人不一樣。

我可以是一個男人，然後是一個爸爸，把美麗壓得低沉，將柔軟填進陽剛，脆弱就踩進鞋底，扎自己的腳。像當兵時精神答數所吶喊的：雄壯、威武、嚴肅、剛直、安靜、堅強、確實、速捷、沉著、忍耐、機警、勇敢，跟著行軍的步伐踏平自己蓬鬆的毛邊。連身形都變寬加厚，方便收納各種年輕的祕密。

●

直到有了女兒之後，愛漂亮終於成為理所當然的事。我終於能和她一起成為一個女孩，留長頭髮，買漂亮的髮夾髮圈，編織多變的髮型，穿上像大人一樣的華麗洋裝，試用腮紅、唇蜜與指甲油，失心瘋地想買下所有印上凱蒂貓的商品。

愛嬌也是必備的裝甲，說話情不自禁滴出奶蜜，身在何處，那裡就是被愛重重包圍的公主花園。身邊的人都是隨從與僕侍，掏錢添購每一個被嬌嫩手指欽定的物品，每個小物件都會扭頭叉腰，跳上肩膀說悄悄話。如果想罵人，就得用唱的，最後只能以公主盛大的主題曲收束。就該為了芝麻小事而暴怒或嚎哭，每一次放肆揮霍的眼淚都是珍珠。肚子餓的時候，只好盡情耍脾氣，讓世界比自己的肚子更鼓譟。所有任性都需要被珍惜，每一次掉頭就走的小指頭，都得及時被緊實而溫熱地拽住。

女兒快五歲時，和兒子一起被親戚邀任花童。一開始她還猶疑不決，害羞到幾乎抗拒，我激她說那就找她的朋友來當，她又以沉默和我對峙。後來經過妻子軟性勸誘，為她添購專櫃雛花腮紅，才願意為了化妝勇敢一次。

我們為她租用禮服，梳化辮髮。她試套好幾件蓬蓬禮服裙，在鏡前以羞怯的眼神將自己揭開，自然嬌豔，矜莊地扭擺姿勢，像一朵生在枝頭上輕顫的花，她和我相似的臉，滋長出不一樣的美。

當她上場，大門敞開，她提著花籃與氣球，牽著哥哥，聽從排練時的叮嚀悠緩邁進。她插上晶亮小皇冠，化身公主，沒有笑得像哥哥那樣燦爛，但那才是貴氣與優雅，僅能露出美麗的縫隙，嚴密控制愛與被愛的流量。

我邊錄邊拍下她每一秒的畫面，渾身閃閃發光，她終於坦然地成為美，星火向高空迸發，不會再回頭。

我蹲在紅毯末端，準備將兒子和女兒接回桌位，一起身，才發現久沒穿的皮鞋一隻落了底，像垂著舌頭的老狗，只能故作尋常地拖著鞋跟滑步移行，一邊戒慎防備是否四周射來揭穿的窺視，我自覺若怪異頂多看起來腳踝負傷。

女兒已經回到妻子那邊，坐挺著背，裙子像花萼一樣將她托高。她不敢吃桌上擺滿的食物，怕弄髒禮服和妝容。我慢慢回到桌邊，我依然是那個畏懼他人眼光，跟著答數的男人。

有人說，爸爸都特別寵愛女兒，或許因為每個爸爸心中都有一個來不及長大的小女兒，她是我此生最後一次虔誠的唯美。

胎記

孩子出生時，屁股有青黑的胎記，醫生說那是蒙古斑，隨著長大就會慢慢消失，不需要太過擔憂。在他是嬰兒，我仍好奇地和妻子一起幫他洗澡的時候，總看見那橫越小丘，兩團鬱黑的泥沼，即使等它沾滿綿密細白的泡沫，泡進水盆裡，揉皺了皮肉的肌理，黑斑仍暈滲到無法探及的深處，像兩隻燒焦後僵直地揪住孩子屁股的手。

後來上班忙，不常看到孩子洗澡，那兩片烏雲卻已飄進屋裡，打亂了光線與氣候，應該安靜睡眠的時刻，哭泣卻傾盆大雨。當孩子沉睡，靜靜飄浮，我們同扮一朵輕盈無聲的雲。我們總在他身下，仰望他哭、笑、喝奶洗澡，承受他的閃光、雷擊與暴雨，企盼平和寧靜的陽光，也要他願意撥開縫隙。

我們通常體諒地說：「他剛降生在這個世界。」

他慣以嚎哭反駁：「我就是降生的世界！」

我可以躲到公司，在無事的空檔，奢侈地占用辦公室裡的寧靜，無須愧疚地滑手機，把僵直的肩頸解鎖，曝晾在能向後斜傾的皮椅上。妻子只能被附身，白晝如鬼，深夜幽幽遊蕩。眼皮下面就住著孩子的兩片陰黑胎記，像一個輕蔑的玩笑：用屁股占領母親的臉，整個身體向內垂掛在她浮腫的眼袋裡，掉包她眼中的睡意，斂為自己茁長的養分。

我開始怕黑，躲在辦公室裡，黑夜被嘈雜的下班車流阻隔在外，隨手攫來一件事便深具耐心、按部就班地處理，像是攀住滑水道側壁，試圖減緩沒頂的速度。

妻子一等我走進家門，白日裡騰空踏水的神通全部消失，只剩下一雙無力的手臂，緊緊攀住陷進水裡翻滾的我。一整天無聲的消受全部解壓縮在我身上，無形的疲憊終於能夠登場。她也需要被照料，需要沖泡出比例更完美的乳汁，更均衡細緻的營養素，才能安頓她。

黑夜不在孩子身上停留，他就是黑洞，吞滅所有巨大的星球，時空扭曲彎折，我死了，也仍在某個量子領域或光年距離裡活著。

黑夜讓我們的精神游離，再不斷分裂。如果協助孩子克服脹氣，終於入睡，分裂出安心的自己、焦慮地知道孩子不久後又會醒來的自己、始終壓制著憤怒的自己、對於明日又要早起上班感到絕望的自己。

民間傳說認為孩子屁股上有胎記是被菩薩踢過一腳，因為猶豫不決該不該降生此家。我想像在雲端成列的嬰孩，集體嚶嚶呱呱的噪啼，依序歡騰躍入泳池般的凡界。我的孩子廁身其中卻沉吟不語，腳步凝佇，他用神佛角度諦視下界，轉動著尚未被湯藥洗淨，老成世故的腦袋。他究竟看到什麼？

他可能看見未來：災難片的慢動作，配樂是不協和音，未來的父母，正因精神耗弱而無法伸出手抓回自己變幻出的異形。深夜的家是一座動物園，每個獸欄都有困獸的低吟與爪痕。天界的光穿透我們慈善的表情與柔軟的軀體，像掀開下水道的人孔蓋，見證尖銳的惡意、不被允許的念頭、髒臭的詞句。即使太過醜惡，偏過頭，也能描摹出一團彼此傾軋的聲線，高的壓過低的，尖的壓過粗的，像好幾組抽長後彼此結纏的彩色彈簧。

他還沒理解這些恐怖的畫面，就被踢下凡塵，抱在我和妻子微笑的臂彎裡。

●

孩子越長越大，作息慢慢和我們的疊合，但就像在文件裡收進一張捲曲的紙，使勁縮壓也依然彈出縫隙，或岔出邊角，對不齊初白的天幕，逼人直接翻到他清醒的那一頁。我的眼神迷濛，意識不平整，偶爾跳頁，就這樣草率地開展一日。

孩子不再是我眼神自動追逐的方向。被吵醒後，棉被蒙頭，翻身縮到床邊。

依稀聽他要吃、想換尿布、出門玩耍，孩子斷線的眼神亟欲牽繫彼端，延長未償欲念的時候，我會低頭鑽進手機，或轉身進房，或閉上眼睛假寐。我想讓妻子握住他，像風箏一樣，被他強勁的拉力拖著跑。

我往往是被逼迫才會正視他。別人的兩隻手，從耳後扳挺我的臉頰，讓孩子漸漸湊近我，我們口鼻裡的氣息攪在一起，像一碗混合的粥糜，我必須吞下他多嘔出的行程。上班前早起半小時，多繞一段路送他去保母家。下班後我常想像，馬路上的車都焦急地踏上返家最速路徑，只有我一輛車，逆向朝更容易塞車的方向去，半小時以上才能抵達。像在擁擠的列車上撥開密布的肩臂才走進廁所，出來之後，列車已經空無一人。

孩子是固定作息程式裡的病毒，讓主機失去控制，按任意鍵都毫無反應。妻子出門，我便坐在孩子面前，看著他，幫他拿玩具，請他喝水，扶他走路與攀越，制止他漠視的危險。

只要孩子意識清醒的時候，時間被離心力甩到遠方，像懸在峭壁上的飛瀑，我蹲踞在谷底，聲音至此撞擊到僅餘碎片，光被岩壁削得很薄，我僅是堅實他的一塊岩壁。

他是自體運轉的星球，他在光裡，我就要勞動，沒有能躲藏的陰影。他偏轉到沉寂的黑夜，安靜地織結自我的夢境，像是堆積木、排列停車場裡的小汽車或是午寐，我才能短暫休息，但仍不能遠離他的引力與大氣層。

我像被推上拳擊台上的拳手，被周遭的圍繩捆縛。我被孩子完全壓制在地上，他頭戴猛獸面具，跨到我背上騎馬，小小的手揪住我的頭髮，再扯開我的脖子。

如果在最後，全身疼痛，眼皮刺滿細碎的汗滴，意識將完全被踐碎的前一刻，仍想奮力一搏，我會那樣站起身來，轉腰、蹬地、送肩、發力出拳嗎？周遭觀賽的群眾會同時驚呼，那個父親，親生的父親，竟然不想輸給一個無力抵抗、需要以愛澆灌的孩

子，竟用這種粗野的方式奪回優勢，讓孩子委屈號哭。那樣的話，判定落敗，被迫舉臂的人依然是我。

只有等到孩子睡著之後，他交出緊握在拳眼中的時間，我才可以撿拾我散落在他身上的情緒碎屑，不在意過多久，卻也不足以滌淨我身上頑強的愧疚。我知道四處都已是收復的失土，只要保持安靜，就可以自在行走，在深夜，被時差摺疊過的白日，一個人的旅行。

●

仔細觀察才會發現，熟睡的孩子有時會夜驚，深陷在夢裡的哭喊，即使聲音先逃到現實的世界，他依然被大腦繁複的鋼筋與泥壁囚困，皺眉翻滾，像正在逃離一隻隱形的手。通常妻子會輕輕拍撫，或溫柔摟抱，替他刪減所有複雜的劇情，撥開濺灑到他身上的砂礫。

世界只剩他們兩個人，我偽裝成一個旁觀者，或許我正是他夢境裡的一道障蔽、等在現實世界的噩夢，他也不想讓目光在我身上停留。我是在他身上日日積累，等待被母性寬慰的暴戾之氣。

妻子通常等到孩子熟睡之後才會去洗澡、吹頭髮，接續夜間未完的家事。孩子這時不再發魘，甚至會咯咯笑，民間習俗認為這是床母在教導孩子，絕不能吵醒，打斷他們神聖的課程。

他們在另一個次元裡交換了什麼訊息，經歷了多長的課堂，熟稔到何種程度？床母是常駐在寢室裡的兒童守護神，一定什麼都知道。祂像是一個精明的女教師，一手握著文件夾板，一手捏著筆，在孩子身上畫下方便辨識的記號，旁人只認為那是烏黑的胎記。

我緊張地翻查孩子身上殘留的記號，輕弱畏縮地，怕驚醒他。原來這是經過編碼的密件，那能夠辨識什麼？妻子有發現嗎？保母幫他洗澡時，是否也能夠敏銳破譯？懷抱母性的人是不是都能夠溶解濃縮在烏青底下的記憶，稀釋痛苦與悲傷，用溫柔的手撈出孩子的笑意。

我希望那些記號能夠盡快消失，不被任何人發現，他不再是個需要與床母諮商，被刻意標記，加強訓練的孩子。我們都夠清醒，不再是彼此的噩夢。

孩子此時揮動手臂，閉目含笑，像振翅的天使，我才發現我跪坐在床沿，雙膝直抵疼痛，兩手交握，有如在教堂告解的姿勢。

十六歲以後，床母駛離床岸，不願再抵達我的夢，我無法自我赦免，從父親投胎為罪人，愧疚是我無法消除的胎記。

●

也曾聽說十二歲以前夭折的孩子，因為不幸，所以不需接受審判，直接由送子觀音分配至人間。可能因為略過了許多有如送回工廠精修與整新的流程，容易留下胎記，那些其實都是生前疼痛烙下的傷疤。西方也有類似的靈魂說，靈魂保留了痛苦的記憶，即使進入新的身體，細胞仍然複製了前世的傷痕。

我不知道孩子前世是否有過煎熬的經歷，他年輕屁股上受鞭笞的傷疤尚未痊癒，仍在成長的路上因摩擦而疼痛、滲血，就被篡奪命數，驅趕到輪迴的軌道，展開下一段未知的人生。

因為這類胎記的不科學說法，才記起我也曾有過那樣痛苦的印記。皮膚上的傷疤看似痊癒，卻已損傷靈魂，像手機黑幕在陽光下才透露出的細密刮痕，永遠無法彌合，將會往下一個、下下個身世綻裂。但照民俗說法，活過十二歲之後，就不能轉印成胎記，是不是神認為，過了容易破碎的年紀，那些疼痛與怨憤就該跟著堅硬，被忙於長大的細胞遺忘，每顆細胞都該像花苞那樣優雅盛放，容納更豐富的記憶。

我始終記得每個父親不在家的夜晚，閉上眼的前一刻，默默祈禱他不要在深夜回家，因為在那樣萬物冥寂的時刻，闖進家門的都是陰魂。若我被吵醒，門外有各種劇烈的聲響，我也得繼續睡，生人迴避，最好閉鎖氣息，避免被他的魔爪勾攝魂魄。

我記得門縫後面母親、杯盤、家具破碎的畫面，父親做工的厚實拳掌敲擊物體的悶沉響聲，猶如動物哀鳴的長嚎。我可以側寫各種痛苦，但關於我的部分，我不記得我身上的任何疼痛，我只記得父親打開房門時，身上有股掉進酒池裡那樣濃冽的穢氣。我可能立刻被醺醉，記憶不勝酒力，只殘留一些畫面：母親全身傾斜，像脫離引力，頭髮奇異地和地面垂直，想將父親的身體向外拉扯。我低頭，看見久跪抖顫的大腿，從我頭上不斷墜下大顆的液滴，不確定我清醒了沒？不明白為何離開夢境卻踏入更迷離恍惚的世界。父親的髒話像重低音的喇叭，總讓我心一顫一顫。縮著肩，併攏足肢，從牙關和骨節開始失溫，像一隻抽搐瀕死的狗。

隔天醒來，無暇檢視身上是否留下任何傷口。父親熟睡，僅留下絲絲縷縷拖把印般

的酒氣。母親準備早餐，我穿好制服，披外套，背上書包就趕緊出門。

那時忙著遺忘、混淆、遮蔽，為了專心課業而對所有事物分心。畏懼父親的異變，否認錄有他基因的一半細胞，徹底抹除關於他的詞彙。用一半的身體在厚重人世昧行，像一枚菲薄的書籤。直到父親離家，想起他時，一半的身體都在發疼。

細胞的記憶不會消逝，痛苦無法在此生成形，卻也無力斷代。細胞裡騷動的基因可能複製下一代的印記，渴望印製真正黑暗的胎記。

●

也有更浪漫溫情的說法，那或者是愛的印記，愛他的父母因為不捨孩子早夭，在皮膚塗搽淚水的痕跡，尾隨他離去的路徑剝落心的碎瓣，作為輾轉人世相認的線索。那是否意謂著，我不是孩子真正的父親，他真正的父母仍切切地找尋著他，像一盞疲倦的路燈，垂下幽黃的光撫摸每個路過的嬰孩。或許他們曾經做錯什麼才錯失了孩子，充滿愧疚，在深夜暗暗流淚，向上蒼攤開乞求的手掌，想趕快接住孩子新起的故事。

當我在家中進退失據，被逼灼到角落，我克制不將火返燒到孩子身上，把自己燜在窖裡燒成枯灰，再用漫長的時間降溫。因為他或許真的是某個被迫重來人世一遭，找回愛的孩子，他自己也不知道，他正在等那個充滿愛的父親回來。

我只是個附體的邪靈，怨憎會苦，被符咒或鹽堆封印，在他身邊憂悒迴蕩，執於一念，無由轉生。遠方的愛還在等我清空軀殼，為孩子暫時迷亂的路徑，另闢終點。

●

成為父親，有太多需要學習的要點。

有孕婦健康手冊、兒童健康手冊，卻沒有一本父親手冊。

走到公園、百貨、餐廳，看到別的小孩黏在父親身邊，像一個正在點擊父親的指標，頭頂浮顯出父親角色的能力數值，隨處擂台對決，我卻只想登出遊戲。我覺得自己發展遲緩，甚至退化，複雜的需求與情緒騷亂噴湧，瀰漫躁怒的水霧，像嬰兒鎮日哭啼，連自己都覺得自己幼稚，後悔每一件剛剛做過的事，忘記如何成為一個人。

新手爸爸和孩子一樣，是新投胎的靈魂，我們會在天際猶豫，有腳踹來，才出生就莫名其妙地傷斑紋身，覺得痛苦一直在密閉的輪迴裡旋轉，像洗衣機裡滾動撞擊的洗衣球。

陪孩子定期檢查時，醫生說，胎記的民俗說法盡是訛傳，誤解徒然加深父母的內疚，自我恐嚇。最重要的是請醫生判斷是不是疾病的徵兆，如果不是，胎記將慢慢消除，像孩子身上的蒙古斑。醫生再次強調：「它自然而然就會不見、消失，平均十個小孩就有兩、三個有這個情形，真的很常見。」

醫生說的，我們平凡、健康，終能漸漸褪除那些陰鬱的印記。

或許等到他上學的年紀，學會擺出起跑姿勢，朝彼此的視線奔跑，錯身之時，我跑進他純真的眼睛，他交換我持穩的視野。我們學會拾起橡皮擦，擦去鉛筆寫錯塗的筆跡，我們一起慢慢地更新為一個乾淨的人。

該走了

「一歲多了，該會走了吧？」又有人在問完孩子年紀之後，緊接著問，像立刻朝臉上搧來一塊布，讓人喘不過氣。

陷入一陣尷尬。回答「不會」未免太喪氣，只能討巧迴避，不正面回答，「會扶著走，還不敢放手。」

換對方沉默。

對方家中或許有幾個月就健步如飛的神娃，才會逢嬰便問，獲得的答案大抵比自己的慢，想必在心底喝采，又一次贏在起跑點，天下父母心。但又不能太得瑟，應該哀矜勿喜，於是他只得說：「那快了，不用急，每個孩子都有自己的進度。」可是不能讓我真的不當一回事，不讓我體認到輸，他又怎麼算得上贏。他趕緊換上憂慮的臉色，「但真的拖太久還是不行，太慢得帶去看一下復健科。」

或是年紀稍長的歐巴桑，經手無數兒女孫兒，任何嬰兒用老練眼光掃過就毫無隱蔽，問話回話直接辛辣。

「啊？還不會走喔，這樣不行啦！」

霹哩啪啦給我一籮筐眼花撩亂的建議。才知道走路不只靠孩子自行摸索學習，還要用各式器械或營養食材堆疊出來。

在她們直搗黃龍，咄咄逼人的強盛氣勢下，話是接不上了，低頭擺出悔不當初的神色。不過少走幾步，失敗的鬼影就這麼憑附身後，整個家庭一事無成，魂離失舍。

總之，會問的，都早已沒這煩惱，事過境遷便居高臨下，只剩我們深陷窟穴，暗無天日，時不時被人探詢：「會走了沒啊？早該走了吧？」聲音迴蕩在無邊黝黑裡更顯陰寒。在峭拔石壁上劃記時日，苦等孩子哪天小腳不顫不軟，穩穩一跨，馱著日漸渺小、氣志喪盡的我離開。

關於走路這件小事，卻是每個新手父母的大事，得排入行程，有截止日期，需時時關注。他遲早會走，看看街上哪個孩子不是你追我跑，大步流星。現在偏就不進不退卡在原地，知道出口就在彼端卻暫時出不去。

醫生說最晚是一歲半，倒數的秒針得在心裡轟隆作響，星級設定為五顆頂級重要。儘管這等待的時間日日如年，卻始終說服自己終會無事捱過。

●

一開始只是等，像等他翻身、坐、爬一樣，開始扶站之後，以為快了，但腳仍像一對過熟的香蕉，一用力就軟折。

耐住性子再等，他卻開始指物稱名，大腦的拓展路徑突然神祕轉折。老人家說的「先說話慢走路，先走路便慢說話」，或許真有些道理。他指著眼前的事物要他們全部報上姓名，像公堂判官，靜聽發音示範後，沉吟半晌，狗狗說成國國，他竟仍是一派莊嚴肅穆的模樣。

不知不覺又過了一兩個月，不能再只傻傻地等，該對症下藥。

學步車早買了，再買學步背帶，安全穩固，立體環繞胸背，像背書包的神氣小學生，但後頭那條長長拉繩便不怎麼風光，有如真牽著一頭「小犬」。

每次發現路人不可置信的目光便匆忙抱起他，若無其事地走開，他卻大呼小叫，如一尾上鉤的海魚，死命扭擺，想自由地躍回路面。雖然他還是走得跌跌撞撞，但終於切身感受邁步前行的樂趣，自己決定探索的方向。他可以前往草地，握滿手的草葉或石頭，以不同的顏色、味道和觸感填充他單調而平面的世界。

孩子逐漸進化，我卻越來越不會走了。

●

近來辦公室施工搬遷，新的門檻比舊的高，門檻外又接著一條細長的排水溝，走出去時，心思都擠在腦門，以下全是空的，腳下常常踉蹌欲跌，向前頓踩幾步才走穩。那些塵積的恩怨全從舊辦公室翻出來了，在陽光下粒粒分明地漂浮在我眼前。

因為格局不同，所以辦公桌位置必須重新安排，同事們各自鎖定相對座標落座，像特殊形狀的俄羅斯方塊，團結一體地迴避失形的我。只要看見我出現，就手忙腳亂地埋首在辦公桌上待整理的箱櫃之後；沒接到的對話和笑聲墜地無聲，像闖入死城，等我離開他們才現形。我看著座位附近一箱箱填滿灰塵的雜物，藏在陰影裡的鬼臉，不知從何處開始清理。

別間辦公室的同事私下告訴我，才知道原來在他們眼裡，我走不好。

我年輕張狂，在滿布坑洞的世界與人情中行走，不夠老練，隨心所欲，跨步失序。他們不明白，為何任何聲響都被我聽成槍鳴，任何路途都是賽道，總愛拔腿衝刺，只想贏。所以不知不覺其他選手全部撤退，我跑到無人荒郊，身陷幽谷。

那些一一別開的臉，就像那些過度關懷孩子行走進度的路人，雖然他們一言不發，卻都緊張地暗示我「該走了」。

●

從家裡到公園的路，脫下背帶，他開始自己學走，我常硬牽著其實不想被束縛的他，教他謹慎，世界走深，更加複雜險惡，觀察他人沉穩的腳步，才不會不知不覺就跌得渾身傷。不只走路，還教他和人打招呼，強調輩分，別一直盯著陌生人瞧，地上不可以摸，不可以亂按電梯，電梯裡不可以尖叫，要保持安靜。我想教會他世界雖然看似遼闊，四方通行，其實暗藏許多禁止標誌。

我不想他像我一樣走錯路卻不自知。

教他走路的我好像多厲害，頤指氣使，摔倒了不立刻扶，滔滔說教壓過他的哭聲，明明教過他即使跌倒，也要重新站起來，別讓別人看笑話。有時他哭得太久，後來再怎麼安撫都靜不下來，好像將就此哭下去一輩子，我更氣惱，他更害怕，陷入惡性循環。

某一天，他開始晃晃擺擺地走在我前面，我幾次拉住他，他甩開手不給牽。我低頭望他，跟在他腳步後面，看見地上每一個細節與段差，縮小步距確實攀上每一級階梯，避開微小的凹陷與石塊。

我發現孩子越跌越會走，他哭泣的時間越縮越短。他走路時本來就帶著一股天真的謹慎，有自己面對傷害的方式。他身形小，尚未觸及世界巨大的銳角與深邃的孔穴，所以跨出的每一步其實輕盈的像踩在水面上，像靈巧的雛鳥，跌倒後迅速站起，傷口淺淡。他聽不懂我的說教，那只是一團熊熊燃燒的烈焰，刺眼礙事。

不是我跟他說該走了，他就會走，要等到孩子調和體內的力量與勇氣，覺得時機對了，他便走。

我已身在巨大的世界，卻草率行走，受傷後總是漫長的疼痛，遲難起身，哭不出來，悲怨的回聲在空洞的心裡反覆拍盪。

我才發現他走在前面，反而讓我重新學習如何走路。

我跟著這樣走辦公室和公司曲折的路，事先規劃行走的路徑，小心每一步。要知道該避過誰、偷看誰、誰的臉色有參考價值。怎麼離開？怎麼來？什麼時候該說什麼？如何組合五官？迎面而來是誰？該自然地回頭急轉，還是要打招呼？

我練習遣辭用句，拼裝表情，學著與人謹慎地相處，修塑自己的形象。期望有人能重新撿拾我，或朝我拋擲幾句零碎的話語，像把手上殘餘的麵包丟進魚池。

●

後來，我發現同事並不是暗示我該「學」走，而是以決斷的沉默，要我直接離開。

我以為彼此關係還勾著殘絲，想蹲下按步驟重綁，但他們早就用力踩斷，揚長而去。

時機不對，非自願，我被自己強迫走在另一條無人的路徑，所以怎麼都學不好。

我謹慎的臉色看起來非常憂鬱，緩緩步行所拉開的思考空間，每一次行動前的猶疑

與籌劃，全在他們攲斜的眼光拉長成陰鷙的黑影，傳來更壞的耳語。別人記憶裡的我已經崩落，後來勤懇的我只是一個接著一個，無可挽回地栽進邊際不斷被我踩大的黑洞裡。

做什麼都不對，動起來是飛射的釘槍，不動也是一張針氈，遠遠看著都覺得刺。我只能從他們眼睛的縫隙看見自己。為了不讓自己越來越稀薄，刻意吹漲自己，擺在端正的位置，卻更顯得虛浮不實。我不知道除了消失之外，還有什麼出路。

●

有天下班，同事不像平常依序離開，全部留在辦公室裡，安靜地做各自的事，有時用我聽不見的音量聊天。我刻意也留久一些，想看他們一起等候的對象出現。

我鼓起勇氣問旁邊的同事：「這麼晚了，還不回家嗎？」他只是點頭，繼續癱在椅上滑手機。

拖到超過必須接孩子回家的時間，我開始收拾，推上椅子，拿起鑰匙。他們也被清脆的金屬聲敲醒，變換僵固的姿勢，紛紛眼神清亮地看向時鐘。

他們在等待的是我的離開。

不說什麼，我提著包包衝出門，結果真的跌倒，最慘烈的一次。身體被記憶綁架，腳始終不能抬到新門檻的高度，沒立刻跌倒，還往前踉蹌幾步，可以感覺到重心漸漸向前拋擲，最後側摔在地，疼痛鑿入骨肉。我不想再站起來，如果長久維持這種難堪的姿態，能稀釋掉那一瞬間尷尬的濃度，彷彿跌坐在地上才是我的目的，而非只是意外。

早知道我什麼努力都不要做，風波過眼，保持淡漠與從容，排拒辦公室熱絡的氣氛，好像我本屬意如此。工作至今，在此慘跌一跤，孤坐在地，都在預料之中。回頭看見辦公室的人議論紛紛，一個傳一個。他們轉頭起身時，表情已安置好，有人稍稍走近，有人譴責設計不良，有人高聲探問，關心卻也輕飄飄的。

不敢置信地眨眨眼，我看見我自己站在那群人裡，雙臂抱胸冷笑旁觀，已經懶得指責，歪站著，什麼都聽不見，擺出一副「沒救了」的表情。

那是看見孩子跌倒時的我。

等到我跌倒的時候，全世界黑暗，我才終於接住孩子眼底脆弱的微光。

終於知道我該走了，讓那樣冰冷的父親離開。當孩子真誠而脆弱地向我敞開，像一

隻翻腹的犬，我必須卸除所有剛硬的武裝，溫柔地張開雙手捧接孩子的墜落，用全身的體溫讓他不再冰冷。不忙催促，等他不哭泣，再繼續前進。

我也該擺脫所有疏離的眼光，就讓自己脆弱而赤裸地離開。

***

孩子後來的確學會用力甩開我的手，該走就走。即使跌倒了，淌著淚痕站起來，喘息急促，繼續衝在我前面。

小小的腳交錯的速度比我快，摩擦出扇形的肉色殘影，像發條玩具總有趨緩的時刻，聽得到關節一格格撥動的聲音。走累了，他回頭看我，等我追上他的腳步，仰起頭，頭髮塌黏在頭上，依賴地對我說：「抱抱，回家了。」

他的世界裡還沒有走進太多人，像一片錚亮的金屬板，沒有任何刮痕，上面映照的只有他純真的面龐。即使冷硬如我，依然是他最親近的家人，少少幾口能夠汲取溫暖的井。

我撐起自己，像把自己抱起來，感受到渾身透出濕暖的汗氣，腳步變沉，心神凝定，不再回頭看辦公室，是時候該走了。

孩子彷彿從我身體裡衝出來，跑到我前面繼續走，然後我低頭學他的腳步，小心翼翼地走回家，不多看、不多想，慢慢走回最單純的地方。

我的善變小女

一、變美

女兒長大了，卻依然是個孩子，美麗還被凝在她水煮蛋般的肌膚裡，眼睛鼻子和嘴巴都那麼小，像點在畫紙上的顏料，畫筆正蘸好水，即將要將她暈開。在她面前我是藝術鑑賞專家，從構圖就知道那將是一幅絕美的作品。

從她身上，我才知道美女都會先抽出愛美的芽，然後才在平凡的枝莖上開出獨特的花。每天被四面八方湧來的訊息沖刷，她蓋上濾罩，蓄囤到心底的，只剩下她喜愛的事物——全都泛著粉紅寶石光，水晶清脆的音聲灑落，罩上朦朧的蕾絲。她喜歡公主、凱蒂貓，和化了妝、放下燙捲長髮、穿著洋裝的媽媽。

她從小就有購物的天分，走在百貨公司裡，不像扯著一坨濕軟稚氣的史萊姆，時時從指縫流逸。她知道這是該大步直行、挺胸立頸的伸展台，眼神銳利掃描，可以想像她的腦袋裡浮出一個小滑鼠，按叉刪去眼前病毒般滋長的物件視窗，她模糊的欲望漸漸在裁剪中現形。

她曾指著一樓化妝品專櫃的口紅，說：「爸爸買。」

我看著她，想像她稚嫩的臉抹上油亮的紅唇。她何時伸手穿越時空偷取了未來的語句？我不明白她如何從各色插在小拉櫃上的口紅，這些簡單的色階，憑空衍生出後續的動作。她腦海裡有我無法監理的工地，搭蓋出未知的建物，她是否覺得廣告海報上美豔成熟的女模正是她的照片？

她現在看見的，都是美麗的事物。跟她逛街，才知道凱蒂貓原來是日本派來的忍者，隱伏在我們生活的各個細節：碗筷、寢具、書包、衣服鞋子。她連封藏在打光櫃裡，米粒大小的金飾都看得到，時時歡快地朝我大喊：「有Hello Kitty耶，爸爸看！」

她不知道錢是怎樣散發各式氣味地流動，怎樣糾結人的情緒，只瞪大眼，等她的念想流暢實現，我只是一對輸送的手掌。或許我太早變成一個默不作聲的錢包，膨脹的

速度卻沒有跟上，所以我常只能回答她：「不能買，這個太貴了。」她的眼神落寞又羞憤，像全世界都買不起她的美。

女兒還這麼小，就已經急著去美了。我的愛向來抽象無形地包圍她，卻隨著她失望的眼神漸漸凋萎，追不上她背影縮小的速度。

我慌張地將愛兌現為豐饒的動作，緊緊摟抱她、親吻她、捧她的臉。我黏稠的嘴唇與唾液、溫熱的身體，在她撇開的眼下有如醜怪而微小的昆蟲，她精準地用指尖撣開，最好在一切尚未發生時就尖叫逃逸，躲到媽媽懷裡。

美的競賽早已鳴槍，我在另一維度的宇宙聽見的時候，還傻傻地左右張望，找不到是從哪裡傳來的聲音。

我的愛竟退化成如此野蠻的形狀，像養生者不吃的生食，像文明者羞赧於赤身裸體。我連妻子的手都不再能牽。夫妻之間濃烈不分的愛意，青春記憶中最迷人的連結，變成一支廁所外被握濕的門把，女兒總嫌惡地揮手阻隔。

我被推遠，淪為她們腦後揮之不去的殘響。

我只能安分地躲在自己的功效裡，像靜靜放置在工具箱裡的扳手，密實的鋼鐵不存在任何情感。出門時服侍她穿衣、穿鞋，吃完飯擦嘴，熱的時候擦汗，要買東西時付錢，隨時拿出手機攝相，不遺漏她所有美麗的瞬刻。

有天她在玩具店的走道，看見美麗的芭比娃娃，穿著高跟鞋，雙腿細長，她也依樣踮高腳跟，說她想買這種鞋子。我們都嚇壞了。她真的在美的道路上走得又遠又高，時光不知不覺地拉長我們美醜的距離。

我只能像個越來越老的家僕，忠實地跪地伏身為公主買鞋提鞋，追在她俐落爽脆的鞋跟聲後，希望她還留一絲髮香、一點回眸讓我找緊她的蹤跡。像那些被虛度的好人們癡等女孩看見好底下的愛；也像排久久的隊站進演唱會第一排的粉絲，整腿瘆麻仍仰望著，等明星遼闊的眼神點上我微小的燭光。

二、變長

女兒出生後剃了頭，頭髮長得特別慢，更不敢剪。少了威脅，髮根繼續安睡在毛囊裡，久久才伸伸懶腰，兩歲半後才開始長長，收在髮圈外的頭髮越來越粗實，終於像隻神氣擺尾的馬。但頭皮僅覆上薄薄的黑影，像一窪太淺的沙坑，壘砌不出雄偉的城堡。

雖然髮少，仍易流汗，有如海灘沒有高大植物遮蔽，風輕易吹揚頭皮裡被大汗浮起的油氣。每天下午，安全帽和猶蓄餘勁的陽光輪番追擊，妻子載她返家之後，我抱進懷裡的，都是敗戰的煙硝臭氣。

女兒不想剪短，因為公主們都是長髮，能坐在錦繡扶手椅上瞇著眼，讓他人忙碌的手塑造美形：燙捲、綁辮、盤高髻，染不同顏色，甚至有長髮公主樂佩，讓故事攀沿髮束洶湧起伏。但頭髮是理不清的煩惱絲，軋進生活的齒輪，雖然繼續轉動，卻速度沉緩，時常卡頓。

洗頭特別麻煩，她躺在我大腿上沖水時，扶住脖子的手總撈不到長髮尾端，沖再多水，滑膩依然在指縫流竄。她不愛吹頭，風總會從各種角度溜進眼眶，搔癢她翻滾的眼球，逼得她一直眨眼閃躲。髮尾濕了就會鬈曲，很難整齊地揪在手裡，它們紛紛想勾著飽滿欲滴的水氣逃出風口。

我對綁頭髮更是完全沒輒，握好一把就不敢再鬆開，可是要完成髮型，就得再多梳幾把才能收妥髮絲。但我只要一將手鬆開，頭髮就全都逃走了，像是安排好的聲東擊西之計，只剩下我的掌心無所適從地癱在原地，不知道要再從哪個方向下手，隨處垂掛著囂張聚眾的頭髮。

只有妻子能快速綁好，手指翻幾轉，殘影未褪，可愛的髮飾就已經安穩地扎進髮根。如果要出門，戴安全帽會壓疼她，只得拆下，妻子從未有絲毫遲疑，我卻深深覺得可惜，像砸毀一口精燒的瓷器。在妻子眼裡，女兒才是尊貴易碎的寶物，不讓可愛的髮飾變成刮損她的利刃。

綁髮像是一種馴服，我羨慕她們。我沒有辦法像妻子柔順地治理她。她的頭髮越來越長，我也越來越難旋繞、收束。越努力嘗試，把手握得更緊，就更容易粗心地弄痛她，最後她拒絕落入我的手裡，看見我的梳子與髮圈，就一溜煙逃到妻子溫柔的手勢裡，被嬌寵出最迷人的姿態。

這樣也很好，讓妻子完美接管她煩亂的髮事，我們兩好相安，不給彼此添事，眼神輕輕撥槳，就能平靜地划過彼此。一起的生活被水平面剖分，妻子成為她唯一的航向，我只是無聲的輕波。久而久之，她成了我路程中突然多出來的中繼點，連幫她換尿布，都覺得時間也一起被吸進吸水層，握在手裡膨脹且沉甸甸的。

有天，我開始玩她的長髮，將麻煩玩出樂趣。

她的臉上有水的時候，我把頭髮撈到她臉上，黏出滿面狂野的畫作。趁不注意躲到她耳後，撮口吹髮，讓風長出指爪撓她的臉。或直接撥亂，搭建一座鳥巢，她得花更多時間撥返騷動的髮。

有時我不那麼調皮，教她放慢手勢，將髮細細地收到耳後，順著這般溫柔的用意，頭微偏，轟轟烈烈撞破年齡的界線，散發嫵媚的風情，成了陶醉於青春的少女。像極了在單面鏡前擠眉弄眼、整理儀容的女孩，不知道旁人在鏡後看得一清二楚，她的慢動作總讓我笑破肚皮。

她的困擾因我的爆笑而加倍，臨近崩潰的懸崖。我就像短暫拂掠她臉蛋的風風水水、失控的髮絲，忍耐一陣，便無影無蹤。

嘲笑那些，好像也在嘲笑自己，我竟縮減年歲，效仿小學生以惡作劇示愛的手段，看似主宰她的情緒，其實只是卑微地想將薄薄的情意，塞進女孩日益擁擠的課桌抽屜裡，把深怕消失的自己勉強多留一會。

三、變調

女兒兩歲開始學說話，原本以為比別人說得慢，幾個月過去，竟也進步神速，能從口裡拉出長長的句子，像變魔術一樣，以為快要截斷，卻仍繼續扯出搭結的旗條。她開始懂得揮捕成天在眼前飛旋的詞彙，大腦終於是個實驗室的培養皿，交混更多詞句的品種。

本來以為能夠卸下女兒成長路途中最大的擔憂，但她的音調卻遲遲未找到正確的位置，說出口的音像鬆開手指的氣球，四處噴飛，失去原型。「糖果」成「躺國」、「哪裡」成「拿梨」、「玉米」成「物迷」、「小寶」成「洨雹」。雖然很好笑，常常被我們錄下珍藏，日常笑料漸漸填實手機以後，接上引信，竟變成一顆等著炸裂的未爆彈。

她的音調越來越失控，過往笑得太多，笑到她的羞恥心都長大了。等我真的緊張起來，再笑不出口，急著念正確的音導正她，她仍覺得我在恥笑她，還沒聽全就癟著臉逃去找妻子，委屈地指控：「爸爸『小ㄨㄛˊ』！」

妻子不急，認為這是正常的過程，飄蕩的音調終究會降落。

我極力解釋：「爸爸在教你，不是笑你。」

女兒退到妻子身後：「鼻要，鼻要！」

妻子繼續在廚房準備，女兒就賴在那聽鍋鏟、煎煮和抽油煙機的聲音，偶爾說話，

音調因為撒嬌的緣故，軟捏出更奇異的形狀。妻子沒有糾正，說不定她耳中的聲音早被廚房抽空，完全聽不見。

這就是原因吧，除了我，沒人覺得這是個問題，他們寬容的耳洞連接女兒的口腔，擴大她舌齒的自由空間。還有，妻子不急著替她戒掉奶嘴、奶瓶，含出滿嘴乳膠，舌齒都被凝凍，成長膠著，像被留在琥珀裡的時間，新的語言永遠無法出土。

早知道我該多介入一些，搶占她更多注意力，她才能習慣標準的發音，願意聽話複誦，耐心地用舌頭下掘正確的讀音。或許該怪我自己，我太少陪伴，讓她的舌頭徹底偏到另一側，像綁住纜樁的船，我怎麼驅駛都沒有動靜。

世界因為她的發音而傾斜，激盪出令人意想不到的危機。上網搜尋構音異常，每條資訊皆套上紅字，處處是鮮血淋漓的恐嚇。有人說要盡快早療，早療則要提早預約，一接到預兆就要奔起賽局，早上加早，緊急得像是整個人被丟在鐘面上，必須逆時鐘跨過揮轉過來的指針，才能跳進黃金安全區，否則將攔腰撞上快轉的指針。

也有網站指稱聲調異常是自閉症預兆，因為敏感於口腔裡的細微波動，所以不喜歡聲帶震動，或氣息擦過舌根。我在她心裡流失的存在感，居然也不知不覺地掏去她成長的地基，這我可能無力補救。

但再仔細在網路上翻找，也有醫生說不用緊張，每個人有不同的進度，由雙唇到舌尖、舌根音，女兒全能發出。還沒長到三、四歲，舌面音、捲舌音尚未成功，是正常發展。聲調異常可能因為懶惰，癱著一條舌頭沉入海中，就能避開崎嶇音浪。不用急，四歲以前用觀察代替治療，太早就醫反而易累積孩子的挫敗感，難再有自信嘗試。

或許我會那麼緊張，是因為我快要錯過父親的身分。至今即使我發出再怎樣端正響亮的音調，也喚不回她對我的親愛與信任。

照網路說的，音調轉正必須慢慢來，艱難的音也得慢慢到位，改變快不得。指導持續不間斷，一旦露出坑洞就要立刻填補，即使沒有明顯改善也不放棄。面對我，她仍被挫敗感淹沒，若緊緊扯住她聽我，她便生氣地說：「討厭尼！媽媽在拿梨？」

我苦笑，這腔調已是她的正常。我才是個異常的父親，女兒成為我最困難的發音。我總無力將自己推抵正確的位置，只想偷懶，連絲微的送氣力道都要儉省，一有挫敗

感就逃避，太少語言互動所以造成彼此理解困難。

不論四歲以前或以後，我得一直陪在她嘴裡，她才有可能捲起我，飛去更艱困、更隱密的地方，像一張大展法力的魔毯。她也會安伏在我舌上，貼實我口中滿布瘡孔的腔壁，完整我這個父親的發音。

洋紫荊開花

學校的圍牆邊種有一株洋紫荊，從遠處散發著淡淡的甜味，一絲一絲累積，最後在鼻子裡留下濃稠的甜香。我導師班的教室在四樓，冬天時只要走到走廊末端，就能聞到。

那個學期，我們班分到這長著洋紫荊的外掃區。洋紫荊花型繁複如羊蹄，稀疏開在樹上，好像每根樹枝都站著幾隻隱形的羊。香氣甜膩自然，落下的花瓣卻萎醜不堪，落在地上爛出水，沾黏緊緊，即使出力掃盡，地面依然留下髒汙的黃漬，必須潑水刷洗，方能恢復潔淨。

我曾以為當時我對班上某個女學生說的話，都是正確有理的。經過一段時間的調整，光是大聲說話，已經沒有用了，她依然故我，讓叫喊只是刮過耳邊稍強的風，她還會在我震動整個身體與內臟叱喝她之後，笑笑地為自己辯解，離開時輕巧迴身，卸下所有重量，馬尾歡快地騰躍。我改以幽暗的口吻輕輕吐出更多尖刺，才能讓她些微反應。

她開始轉述這些話給媽媽知道，因為我打電話給她媽媽時，話才說一半，媽媽會說她早已知道了。我還慶幸那學生總算開始在意。之前太多的話語撞進了絕路，現在終於尋得路徑。我不再試別的方法，越闖越深。

女學生有天突然說要轉學，父母帶著議員助理來找校長，希望我能好好地書寫她的期末評語，因為我曾經告訴她，我要把她做過的事，一一寫進紀錄裡。我覺得這也算不上什麼威脅，輔導紀錄、期末評語，導師其實能自由地照實填寫，只是有道潛規則，盡量報喜不報憂，即使缺點也要換句話說，比如不守規矩愛講話就寫「大膽積極，活潑熱情」。

我當時混沌，無法理解她父母的情緒從何而來，明明孩子確實犯了錯，我花了多少時間，嘗試多少方式反覆告誡。他們不要求自己的孩子，一股腦否認，然後全推回我身上。

我後來弄清楚，就是話語的問題。我的理直氣壯，一句一句插到那學生心上，最後全被握成了把柄。

老師掌握極端的話語權，有各種管教與懲處的方式，一一扣合畢業門檻或升學制度，成了學生眼中難以撼動的雕像。一個當眾怒斥，就能踏碎國中生薄弱的自尊心。我們說慣的職業套語，學生看成新品種的怪獸，再平淡的語氣，說出口，總能在學生身上留下細密的齒痕。

***

冬天已經來到末尾，學期快要結束。每天學生用竹掃把用力刮掃，隔天洋紫荊的花依然重落，掃進畚箕前，在地上拖出一條條濕痕。失去生命的香氣，像一灘稠濁的發酵乳，氣味腐敗，似乎正有蒼蠅與蜜蜂成群而來。

人們看樹通常只會仰頭迎向繁密的枝葉和花朵，但有天我蹲下摳除沾黏在地上的落花，赫然發現樹幹底部有一條隱隱約約的接縫。洋紫荊的花朵貌似蘭花，結出扁長的莢果，卻無法以種子繁殖，只能使用扦插或嫁接這類無性生殖生長。

言語是盛開的花朵，離開巨大的樹幹，只能隱密地萎敗。

***

那學生真的在假期中轉到附近的私校去了。

女學生轉學離開那天，我依然到外掃區監督學生打掃，看見滿地落花，趁學生不注意，厭煩地踢踹了幾腳，花黏得更緊了，一瓣疊過一瓣。我殘留在女學生心底的話語，可能也是這樣，遍地濁黃，再也清不乾淨了。

即使離開了，我依然能看見她那漫不在乎的表情，那是與父母極為相似的枝枒，刺人，卻舒展得自然。

我也在否認自己的錯。

●

我其實熟悉那些傷人的話語，媽媽說過，從小時候存留至今，無法清除、無法停止的腐爛。

她以媽媽的身分派下許多指令、責備與威脅。如果無法達成要求，她就奪走一些什麼，金錢或溫度，或乾脆直接以話語在我身上刮下一道厚漆，嚴格不留情面。以前覺得只有我一個人必須愧疚懊悔，她的話語就是最合理的方式，最重要的守則。她越凶狠與不快樂，我越想得到她的肯定，讓她開心。

我在她的話語裡可以被放棄，可以不如一條忠心的狗，可以是惡血的遺傳。

我配合言語將自己縮到最小最小，媽媽因此憑空架起她巨大的身形。我只是一個不懂事的孩子，媽媽是長輩、監護者，說的話永遠成熟睿智，不容反駁。單身的媽媽，扛起完整的家，一定能說出公允持中的話語，情緒不多不少，一切恰到好處，水到渠成。

我把她的每一句話都帶到漫長的黑夜裡，像一條炭火，越撥弄越灼熱。我以為我能冶煉得更加堅硬，卻只是濺出火星，一點一點燒破我年輕的靈魂。

等我長得更大一些，懂得頂嘴，我若說得過火了，感受到恨意在我們之間烱燒，我習慣在心底緊張地以愛意澆灌，說服自己「媽媽會這樣，是因為在乎我」，讓那些仍在記憶中發燙的衝突，凝凍出愛的形狀。

***

記得我最後一年回家過年，明明很久沒見，也沒聯絡，還是帶著妻子與稚幼的兒女一起回去了。

一切都與以前過年的方法相同——放鞭炮、祭祀與拜年的儀式；年夜飯的菜色、供桌上的水果也差不多。

但她的話少了很多，不再有任何抱怨和責備，多了對孫輩的關懷，幾乎只是個不太熟悉的慈藹長輩，與我們乾乾淨淨地過一個新年。

我心裡始終窖藏著這麼多難聽的話，還有那些我很想說出口的、控制不住不小心說出來的。言語的傷害如此沉重，卻又無所感知，像被推入矮枯樹叢，不知不覺衣褲就布滿撕扯的裂隙。媽媽卻已經把一切縫補掃除得乾乾淨淨了。我依然身在無法逆轉的花季，重複一季又一季的凋零。

我已經活到和媽媽當時差不多的年紀，終於察覺當初她的心事都血淋淋地披掛在語句上，她將射穿她的箭朝我射來。正在下墜的人，話語是他們求救時攫奪的手。當初我獨自感覺漫長而不為人知的陰暗，其實媽媽也同時仰頭看著光的退潮。

那個年過完之後，我幾乎不再回家了。

●

聽說，所有目前所見的洋紫荊都是由一百年前在香港島發現的一棵洋紫荊衍生而來的。所有洋紫荊都源自同一棵洋紫荊母樹，她以無性繁殖法複製後代。

不禁令人好奇，那麼每一棵洋紫荊，是不是全長得一模一樣？

都說「女兒像爸爸，兒子像媽媽」，我自己的女兒出生之後，果然越來越像我，簡直是一朵從我身上開出的花。對照舊相片，發現女兒眉目之間竟有我母親的神韻。

不知道是不是獅子座的原因，女兒凶悍強硬，不輕易被馴服。犯錯時被念，她常嘴硬不認錯，要不就是憑著一股傲氣，頂嘴反駁，吼得比所有人都大聲。我常被她氣到說不出話來。若我真能張口，情緒是越過牆垣的花，在我無法觸及的遙遠彼端盛放。

我們都愛孤踞山崖頂端，將情感藏在濃密的鬃毛裡。但女兒還是幼兒，偶爾會哭，那是她最有效的抵抗。媽媽不一樣，她不曾哭過，隨時能從口中掏出厲害的武器，那些凶殘的攻擊與反擊。現在回想起來，不再只讓人害怕，開始套上女兒滔滔的哭聲。

女兒大哭以後，有個習慣，會討求所有家人的擁抱，最後來到我這裡，我依然嘴硬，碎念幾句，提示她應改未改之處。她點點頭，委屈地縮在我懷裡抽噎。我總算確定了她對我的重視，她仍愛我，我便在心裡偷偷地後悔，偷偷在她睡著之後，輕撫她的臉頰。

愛是不是總被我們藏在深處，要經過一場事過境遷的魯米諾反應，才能略過那曾怵目驚心的血跡，讓被刻意抹除的情感發出幽幽的藍光。

女兒雖然強悍，但經歷過各種衝突，越來越怕我生氣，她開始會搶著告哥哥的狀，把學校的事存在心裡一整天，等見到我，再一股腦跟我說，希望我去罵哥哥，讚美她，很像我小時候急著想討好媽媽的樣子。

她的話語，隨著長大，像花朵漸漸綻放，有更加對稱的姿態，邏輯緊實，以及更加猛烈的氣味。

如果只有我，就只會複製出另一個我，還好有妻子。她來自另一個家庭。我們有性生殖，結出種子，包藏無從預知的變異。

女兒好愛妻子，兩個人祕密交換許多溫柔的真心話。我銳利的言語，該徒然地插在荒地上枯萎。她該長成能結實落果的人，溫柔地萌芽，柔軟地拔莖抽長。

我每次罵了孩子，總不自覺地看妻子一眼，怕她露出責備或不理解的眼神，我隱密的接縫會立刻崩解，截裂成最初的斷枝。我明白我生長至此徒然錯誤，已無可挽回地歪斜。

媽媽可能也不是那株最初的洋紫荊，與我一樣懷著一個稚嫩的傷口，同樣經由拼接而成，都是木質脆弱的樹種，敵不過風季。我們彼此相接的地方薄弱易折，是永遠沒辦法痊癒的創口。

●

下個學年，掃區換了。

走到走廊盡頭，遠遠就知道花季又到了，喜歡這個距離的香氣，不多也不少。從上方看，不見落花，枝上的花瓣像精美的徽章。中午打掃的時候，竹掃把使勁劇地的聲音，也變得依稀淡薄。轉走的女學生不知近況如何，至少她從父母那學會了離開，那是我很後來，靠自己才學會的事。

時間夠久了，久到洋紫荊再度開花，有人去了更好的地方，有人正要出發。

鋼鐵英雄

四歲的兒子非常喜歡漫威英雄，這在孩童的世界裡是很普遍的現象，即使大人的想像力被砂紙般的現實磨損，依然能融入這些異能突變的超常劇碼。小孩更能輕盈地直躍天際，化身伸手便能飛翔的英雄，張手便發射嘶嘶響的雷射光束。他們的世界有不同的引力，再疲軟的想像都能雄偉矗立，他們的眼睛是唯一的聚光燈，其他的眼睛只能在黑暗中見證。

《復仇者聯盟》的最新一集電影即將上映，處處都有海報和廣告。他看過一次預告片就愛上，屢屢叫我重放，每次看都專注得恍如初見。過一陣子又有不同版本，釋出更多保密許久的片段。

他特別愛鋼鐵人，紅色烙在鋼鐵上便有了尖銳的殺氣，卻不失時髦，像一輛惹眼的進口跑車。可能感受到角色的領袖氣質，戰陣中總搶據最顯眼的位置，戲分最多。也可能既是英雄，又是機器人，能揮拳戰鬥，身上布滿槍砲，又能飛行，喜歡一個鋼鐵人能獲得物超所值的多重刺激。

他愛學鋼鐵人的手勢，張開手掌，側斜肩膀，無法飛行就從沙發向下跳，沒有敵人也能在空氣中近身搏擊，未受攻擊也可以弓身按壓腹部，痛到在地上打滾。他總將貼平的地磚踩出巨大的聲響，震動整個地板，灰塵也被嚇到四散飛揚。

擔心被樓下住戶投訴，我嚴厲喝止他，禁止他在家跑跳。他躁動的慾望被困在不停轉動的眼珠裡，摩擦出疑惑的熱度，彷彿在問：若不能自由飛竄，鋼鐵人豈不是一堆廢鐵？

跟著我逛街的時候，他看到印有鋼鐵人的商品就吵著要買，可是一旦聯名，價格也跟著翻漲起飛。這類商品我向來只買實用便宜的，像資料夾、牙刷、餐具、鑰匙圈、水壺。他如果一直吵，腳步鎖緊不離開貨架，我便用力把他扯走，他的哭鬧全部潑灑出來。

「這個沒有買過，為什麼不可以買？」

我憤怒地反問：「鋼鐵人的東西這麼多，難道全部都要買下來嗎？」

他根本聽不進去，鋼鐵人在對戰中只能勝利。我只好堅決逼他想起自己真正的模樣，最後通常是哭到昏天暗地。

他不是英雄，他只是個被各種約束管制，總是失望的孩子。他身邊沒有任何復仇者英雄夥伴，也只是同樣被更多約束綁住的大人。

●

他多想看那部電影，可是不能帶他去，因為沒有中文、年紀也不符合。

為了讓他忘記，我不再讓他重複看預告，離開電視，躲到書房裡。他的糾纏不曾停止，不能看電視就坐在地上揉捏黏土、畫畫，完成就拿進來給我看，展示他摻入想像，以不同媒材再製的鋼鐵人。

「爸爸你看！我畫的鋼鐵人！」

在雜亂的筆畫裡，很難對焦鋼鐵人的準確方位。我點點頭：「好像喔！畫得真好！」兒子不知是天性喜好重複，愛聽誇讚，還是發現我混亂的眼神裡不夾帶任何一絲真誠，將紙張挪得更近。

「爸爸你看！鋼鐵人耶！」

我仍然找不到，注意力勾留在我的筆電上。我更大聲稱讚，然後輕推紙張，「拿去給媽媽看！」

他和他的英雄像輕飄飄的大氣球，若遮擋我的目光，我一掌推開，氣球發出巴掌般的清脆響聲，分不清那是歡快的音頻，還是分明的迸裂。

晚上，我趁他和妻子熟睡之後，躡手躡腳地逃離臥房，一個人到電影院看完三小時的電影。看完，夜沉得更深，紅綠燈下班以後疲倦地眨著暈黃的眼睛，道路筆直躺平，朝各個方位延伸它毫無盡頭的軀體與手腳。我的熱血卻剛被點燃，彷彿還停留在

那場最後的大戰，和所有穿越時空聚集的英雄站在一起，等配樂奏起，準備迎接光榮的勝利。

兒子鍾愛的鋼鐵人死了，我瞞著睡夢中的他鑽進電影院的洞窟裡，掘出這個祕密，卻只能繼續掖藏，像個卑劣的小人，不到他充滿英雄的夢裡並肩作戰，反而斷絕他想像的養料，讓他的愛拋向一個不再有肉身的虛像，無法再向前飛行，閱讀翻新的英雄敘事。

我並未比他更靠近英雄，和他不一樣，我曾是一個旁觀英雄的小孩。

●

我從小沒有找到自己仰慕的英雄，沒感受過兒子心裡洶湧的熱情。我小時候看很多卡通，裝了第四台後，整個假日定頻在卡通台，遇到重播便切到鄰台。用餐時間有更多頻道播送卡通，看也看不完，除非特別鎖定，否則很難追齊連續的集數。

我看過躲避球、四驅車、金剛戰士、忍者龜、七龍珠、美少女戰士等等，裡面不乏強悍英勇的形象，但我沒有想成為其中任何一個，也沒有擺過任何一個帥氣的英姿。

比起爭勝搏鬥，我更愛看家庭主題的卡通：櫻桃小丸子、哆啦A夢、蠟筆小新，看他們在日式獨棟建築以一整集的長度搬演微小日常的瑣事。我嚮往那樣完整的生活、平庸的憂慮，家人間不中斷的絮絮叨叨，把彼此的小事都當成自己的大事，像圍住一張圓桌，一同扛舉。

我的世界英雄派不上用場，從小家裡反派霸道橫行，父親、母親、冷漠的親戚，全都是我的敵人。我被擊潰到再也無法起身，想像力腐朽灰飛，我知道卡通裡驚奇的逆轉、邪不勝正的規則不能拯救現實。再怎麼用力幻想成為英雄，出拳與同樣出拳毆打母親的父親對擊，他也不可能真被擊出大氣層。日日盼望英雄出現，警察破門而入，將他戴上手銬拖回去，但最後只有他能自在進出家門，如入無人之境。

別的孩子有錢買各種扮演英雄的配件，我只能旁觀他們的進化。我不被允許主宰他們的劇本，我只能扮演被沿路擊敗又不斷重生的低等小怪，熟練地表演各種瀕死的姿態與狀聲詞。

我住在倒塌的家，英雄單臂飛過，只會誤以為是戰後的廢墟，畢竟連降落站立的空間都沒有。兒子能自由擘畫英雄的想像，或許是因為有完好的父親顫巍巍地撐大家屋的空間。

後來等到電影下檔，能在手機裡播放，我趕緊放給兒子看，分好多天才看到終局，他眼中無敵的鋼鐵人居然衰弱地在戰場上漸漸沒了氣息。他問了幾次，確認死亡的意思，就不再問，沉默不語，眼神裡的悲傷逐漸升湧，本來在手上飛竄的鋼鐵人公仔沉入沙發椅墊的夾縫裡。

舊的英雄消逝，是為了邁入新的電影紀元，新的英雄想必立刻補位。鋼鐵人和蜘蛛人在多部電影裡，不斷加深有如父子的情感牽繫，蜘蛛人果然在不久後推出預告片，換上鋼鐵材質的紅色蜘蛛裝，鋼鐵人變成牆上的紀念壁畫。

鋼鐵人在蜘蛛人身上種下的期盼，終於讓他長成一個能跨出街區，拯救全世界的英雄。

兒子立刻愛上蜘蛛人，我再次重複播放預告片，買蜘蛛人的玩具，讚美他的模仿，有時間便握住他的手拗折出更精確的射絲手勢。即使這次電影是普遍級，因為發音只有英語，我依然沒辦法帶他去看。

我們又重複了同樣的糾纏、失望與逃避。當我能像鋼鐵人那樣改變一個孩子，推他走上英雄之路的時候，太多原因阻擋著我們。我不像鋼鐵人那樣強韌，我不是英雄般的父親。

或許也因為這樣，兒子的英雄一直都是別人，不斷更換崇拜與模仿的對象。即使我已經長大，我也沒有真正成為一個有自信的英雄，沒辦法像鋼鐵人一樣，從頭到尾都能挺起胸膛，鏗鏘有力地說自己是鋼鐵人。

在兒子長大以前，我所能做的只有繼續暢通他向前仰望的視線，不用憂心別的什麼。夢裡面就展開奇異的戰爭，調動各種英雄壯麗登場，炸裂特效與炫目光影，不用在夢裡遇見任何變形的家人，演起變調荒謬的家庭劇場。

想起《復仇者聯盟》的結局，我相信那樣的終局總有天會實現，孩子獨立，發現自己獨特的超能力，他也能成為獨當一面的英雄。我在畫面裡倒成一具半身焦黑的屍體，萎弱的連撐起眼皮的力量都在微微顫抖中消失，散發令人嫌惡的氣味，腐敗正在體內因為一個微弱的彈指陸續爆開。

但我已完成一件與拯救世界一樣重要的大事，我陪孩子長大，我在這長長的單向路途上沒有跌跤，沒有圍困出難以排解的怨憤，猙獰面孔，淪為他心中的反派，鑄成轉

折劇情的巨大傷害。

到那時或許我便能不眨眼睛，毫無遲疑地說：「我是他的爸爸。」

換誰當鬼

聽說《獅子王》要重映新版的時候，我就想帶孩子去看。

我已經忘記本來故事的細節，腦中只殘留粗陋的架構。最初的版本上映時我才九歲，我只記得我看過這電影，但是在哪裡看的？和誰一起看？我都忘光了。

我知道絕對不是我的爸爸帶我去看的。他不曾帶我看過電影，在我還只能看普遍級的時候，他已離席遠走，將許多情節隱藏在輔導或限制級裡。

我買得起電影票之後，就喜歡看父子題材的電影，我想看一個父親可以怎樣戲劇化地善待一個兒子，怎樣把溫情像切水果一樣分割到最適宜入口，最不含雜籽的單位。

我想知道我錯過哪些可能發生的事。

我記得最清楚的就是疣豬澎澎和狐獴丁滿，他們在獨木橋上唱著Hakuna Matata，勸小獅子辛巴拋下一切煩惱，快樂地活在當下。電影裡有很多歌曲，但我唯一記得那首輕快的旋律，小辛巴出走，拋下童年的煩惱、家族糾結的仇恨與鬥爭，跳過理應充滿掙扎痛苦的成長歷程，畫面瞬接，走下獨木橋的已是一隻成年的獅子。

●

上映後，和孩子一起去看，畫質已不像以前扁平且色澤過度濃豔。所有動物都變成真實版本，遷徙到壯觀的草原和山峰，經過先進科技的模擬繪圖，虛實交錯，即使動物張口說出台詞，也毋需多疑。

我以為我和孩子走進電影院，重現記憶中澎澎與丁滿的歡悅，會填補更多新潮的樂趣，但看完之後，我感覺不到任何溫暖。裡面人物的關係充滿強迫，喚起我小時候在家裡不舒服的記憶。

從一開始，辛巴就經儀式宣告為繼位的王儲。所有不幸的遭遇皆來自於這個被強加的名銜。他不能在母親懷裡熟睡，不能獨自探險，不能禁受威脅，他只能走在成為王的單行道中。那些鮮麗失真的色彩，叢林裡的奇幻歌舞，邪不勝正的快感，全都消失了。再聽一次的故事，竟像吃下封藏在兒時鐵盒裡的糖果，只剩腐敗與燒灼。

仔細想想，我真已忘掉許多童年記憶——不記得曾經擅長遊玩的遊戲、兒歌歌詞、童玩的操作手法。只要憶起其中片段，都是鬼影幢幢，零星的歡樂一下子就滴漏而盡。簡直就是長壞的喉嚨，多了阻隔的喉結，僅能發出不堪入耳的聲音。

***

兒時和朋友們玩過「梅花梅花幾月開」，記得是一群人圍著中央的人繞圈。然後呢？我們身在何處？記得是一群天真的孩子，但又究竟是哪些人？

他們就一直這樣在我腦中繞圈。被囚禁在圓心的那個人何時才能起身露臉，讓記憶撥雲見日？我只能讓那人一直掩面低頭，彷彿被反覆詛咒而永遠不開的花朵。或像網路流傳的鬼故事那樣，忘記梅花如何開，遲遲沒有結束遊戲，因此延攬更多寂寞的遊魂，睜開眼發現，外圍轉圈的足腳憑空變出這麼多。

有時牽著孩子到戶外散步，看到有些校園裡竟繪有跳房子的格線，用彩色的小方磚拼貼出清晰的數字，不像從前用碎裂紅磚、粉筆的淡線，迴身幾趟躍踏就踩成煙塵。但當孩子問起：

「這是什麼啊？」

「該怎麼玩啊？」

我完全忘掉規則，不知該朝何處扔石，如何出發，腳要依序踏進哪些格子。依稀記得一旦蹲在地上畫下房子，就可以消磨過度漫長的童年時光。

因為強烈的陌生感，怕孩子糾纏而問個不停，竟不敢帶孩子踏進座落在地上的房子，裡面彷彿囚禁著愛遊戲的怨靈，靠近便會被它拽足，以撓曲的指甲插刺我喪失記憶的腳踝，質問我的背叛。那些空房間倒臥在假日寂寞的校園裡，吹過風沙與落葉，變成一間間拉起警戒線、標上編號的凶宅，一跳進去，便會墜入沉黑無底的童年。

孩子總是跟著小熊造型的兒歌故事播放器唱歌，常常他和我散步到一半，就開始唱起兒歌。

「造飛機，造飛機，來到青草地……然後呢？」

孩子仰頭問我。

歌曲是太複雜的記憶，有上下翻躍的旋律，又有複沓的歌詞，好不容易想起一句，其他便紛紛退散。我腦袋裡的旋律早已爆滿，新的魚貫而入，舊的被交踐成粉屑。

「造飛機」到底是什麼意思？是不是讓孩童兩手展開扮演飛機，在草地上跳躍奔跑便是飛翔？我記得的歌詞僅有前面幾句，每唱一次，就讓一個試圖飛翔的孩童墜毀在青草地，旋律無以為繼，鍛造失敗的機體像墓碑那樣插著。

〈泥娃娃〉也是，我只能唱到「一個泥娃娃」，就梗住喉嚨，彷彿嘴裡正要嘔出一個濕泥娃娃，臉正等著被更多歌詞捏塑成形，命運也待悲傷的旋律定調，又被我生硬的口形吞回去。

兒歌都已被記憶支解，用成年粗啞的聲音吟唱，等同被一把生鏽的刀刺傷，曾經光滑緊緻的童年被大量的細菌侵蝕潰爛，滋生惡臭的想像。

***

我想起以前假日常一個人看一整天的卡通，在熱門時段，衛視中文台、八大綜合台或是三台，都會播好看的卡通影集。坐膩沙發，就拿個枕頭躺在地上。一邊看電視，一邊吃自己買回來的飯，或是一邊打盹，有精神之後，再一邊寫作業，讓聲音一直在。

應該是父親走了之後，第四台就被媽媽停掉。工程人員穿著連身工作服，走進我家拔掉天線、訊號盒與遙控器，順手帶走我孤單的童年。我一夜長大，整段記憶塌陷成陰森的暗穴，我活出一個獨立的樣子，不遊戲、不歌唱，把笑容整平，專心細切時間，搭建不同的燈塔。

當我終於將自己鍛鍊成父親，孩子的意識扎根，手腳軟芽增生木質，開始需要更多結實的遊樂。凡是遭遇困惑，孩子抬頭，澄澈的眼神發光，我知道那裡面是新的星球，嶄新的童年宇宙。我只要以手機連網，網路極速飛越我童年的空缺，立刻查到遊戲的規則、完整的歌詞，還能播放YouTube動畫或帶動唱影片。遊戲瞬間重啟，歌曲接續吟唱。

我開始和孩子一起看動畫電影、逛玩具店，買一百片以下的拼圖，磨練舞弄刀劍的手法、被擊斃的演技與捉迷藏時潛形的訣竅。

這樣的我們多像在玩梅花梅花幾月開，我蹲在中央扮鬼，長期埋首等候，積累許多鬼的記憶。好不容易等來孩子出生的月分，封緘的環咒喧嘩奔散，我終於能夠和孩子一起在童年醒來，起身天真地嘶喝、追逐。可能過往一切只是長長的噩夢，我未曾長大。

●

孩子看《獅子王》直到最後，已經快要坐不住，急著想去親子影廳裡搭建的溜滑梯玩耍。

最後一幕，辛巴和娜娜生了另一個小獅子，又被舉到山崖邊，和電影開頭一模一樣。我明白這根本不是歡樂大結局，而是一個恐怖且難以逃脫的噩夢循環，辛巴的孩子將活在牠複製的人生，而這又不知早已被轉印過多少代？

孩子根本沒有看完，我一回頭，他已經和一群小孩在溜滑梯頂端排隊。我追著在滑

梯上下奔竄的他，催促他趕快離場。

在我和他的追逐遊戲裡，我不抓他當抱膝的鬼，我們在記憶裡種花，每逢寒冷的月，梅花便開了。

過敏之城

我以前不知道什麼是過敏，只是早上打噴嚏，連續好幾個，在家裡準備上學時，流著用衛生紙也包不完的鼻水，有時忍著不擦，走著走著鼻水就滑到地上。鼻腔阻塞，意識都被沾黏，頭也因此失重昏沉。

離開家就好了，聞到外面的空氣，風的流通，吹去鼻子裡潮水的氣息。頭昏消褪得比較慢，呼吸起來有明顯的聲響。太陽把臉薰得熱熱的，濕氣漸漸蒸發。

我習慣了，覺得那是早晨必有的慣例，小孩才有，大人沒有。媽媽總叫我多穿衣服，我不聽，所以才讓鼻水流不停。爸爸不常在家，可能不知道我的問題；媽媽只是提醒我，順手把堆在書桌上的衛生紙拿去丟，沒有帶我去看醫生。

有時眼睛癢到不行，死命地揉，覺得有蟲子藏在深處，卻揉不出半隻，把眼睛弄得乾澀不適，手上的細菌全裹上眼球，視線布滿髒汙。媽媽看到便會制止我，但我還是趁她不注意努力揉，揉到眼睛發出小零件摩擦的嘰嘰聲響。

鼻子有時也很癢，覺得是鼻毛在搔撓腔壁，一直推擠鼻子，在沒有人的時候才敢伸指進去掏挖，卻止不住癢感，好像有一團塵絮順著鼻息在裡面翻滾，躲開手指，藏身在叢雜的鼻毛之間，怎麼挖也挖不到。媽媽看到會指責我習慣不好，她總在牆上桌下找到鼻屎結成的乾痂。

皮膚也是，時常發癢，用指尖插刺刨挖，依然躲在陰暗的皮膚底下引火作祟。皮膚都被抓紅了，凹陷大量彎弧的指甲印，還是癢著。熟睡時抓得更不留情，一條條血痕有如夢獸的爪跡。

直到父母離婚後，拜訪搬到北部的爸爸，他給我一罐藥，囑咐我每天吃兩匙。極苦，上面貼著「過敏」的紅框標籤貼紙。他說他幫我去中藥行拿的藥，很多人吃過這味，保證痊癒。

但我帶回家之後，常常忘記吃，久了就原地放著，過敏又嚴重起來時打開，發現裡面都結塊了，滲漏的潮氣將藥粉浸成黏土。

原來這真是過敏，爸爸說可能是家裡空氣不好，或是高雄這工業大城的空氣不好，出門最好戴個口罩。

我對髒東西特別敏感，空氣有懸浮微粒，依附到黏膜上，便有了過敏反應，床上若有塵蟎，也會讓皮膚不適。媽媽從來沒有告訴我這是過敏，那時候新聞或課本也沒有特別提到這種病，我就這樣自以為正常地活著，接受早晨的昏沉，偶爾在書桌前夜讀，便用掉一整包抽取衛生紙。至於揉眼睛和挖鼻子，早被錯誤地說服只是習慣差，改不掉的頑劣。我常常好奇，吸到身體裡的微塵沙粒，都堆積到哪裡去了呢？

●

後來查詢網路，也可能是爸爸身上散不去的菸味（三手菸！），或媽媽總清不乾淨，藏在角落或椅下的灰塵，或是總忘記洗的枕套、被套和床單。過敏也會讓睡眠品質欠佳，在鼻水倒流之際，我確實常聽見父母糾纏不止的爭吵。

我的家讓我生病，始終敏感於這些微小不可見的事物。

我早就學會在家以外的地方，不能隨便打噴嚏，要把向外噴的氣往肚子裡吞。鼻水一直流的時候，擤鼻涕太失禮，一直用衛生紙會擦破人中皮，低聲往內吸，也不過是看起來清澈不黏膩的水，飲入無妨。注意不能製造太大的抽氣音量，同樣惹人白眼斜睨。

黑眼圈則是長久的鼻子腫脹，堵塞了鼻眼之間的血管，造成微血管增生。我的黑眼圈不是暫時生成，是不停擴張的陰影，但其實只要低斂眉眼，故作尋常，就能遮蔽。

之前雖不知道自己病了，用這些簡單的方法，也能和充滿惡意的環境共處。嚴格隱藏自身病徵，是成長時絕對必要的學習。

資料裡也寫著：過敏大多來自於遺傳，且無法根治。意思是只要用這具身體，活在這座充滿煙塵的城市裡，就永遠不會好。

每次爸爸打電話來，都會問我是否吃完那罐中藥，有沒有好一些，我總迭聲稱好，後來我越來越不想接他的電話，覺得話語中暗藏惡意。

我從此對氣味更加敏感，過濃感覺不適，尤其是灰塵和菸味，半點不行。我的身體會湧出大量的水，洗淨被弄髒的眼睛與鼻腔。別人看到我一直擠眉弄眼，皺鼻哼聲，還以為我是個不遮掩情緒的怪人。要保持乾燥舒適，看似正常，就得注意周遭環境，及時避開氣味，提防過敏加劇的威脅。

●

等我的小孩漸漸長大，脫離他母親的抗體，接觸更廣闊的世界，過敏的問題才開始浮現。

不只睡醒，他熟睡時也會打噴嚏，鼻水一起躺在鼻孔裡，發出來來回回的潮水聲。醒時流鼻水，往往揩在袖上，沾留一層白跡。學不會遮掩噴嚏，直接朝著人噴，滿臉都是他碎裂的熱氣。小孩的情緒直接，若因為過敏鼻塞而煩躁，或是晚上鼻水倒流，無法入睡，每每哭鬧生氣，毫不退讓，只有妻子能耐心地安撫他。

小孩頭腦越來越清楚之後，能夠說話，和人互動，學會許多社交禮節，在餐廳打一個噴嚏，所有的大人都回頭看他，他便知道要自我克制。到幼兒園之後學得更快，用手掌遮蔽飛沫，還能戴一整天口罩，遮掩所有可能洩密的孔洞。

我有天聽見他反覆發出抽泣的聲音，才發現他總把鼻水往肚子裡吸。為他的鼻子壓上衛生紙，他只用嘴巴朝外噴氣，衛生紙表面依然乾爽。難以快速教會他擤鼻涕這項技能，幾次示範，他更用力地把衛生紙往鼻子裡吸，衛生紙只能無奈地黏進他的鼻孔。

我自顧自地懊惱、喝阻他，覺得這有如自然反射般簡單。

他低下頭。

知道我不喜歡他哭，他的眼淚囤在眼眶裡，鼻水卻迫不及待地潰堤而出，滔滔不止。我抽出更多衛生紙，替他堵住。

我暫時停止，僵著臉、抿唇，知道我的方法錯誤，卻說不出任何話安慰他。這確實需要時間學習。他必須慢慢學會把髒東西排出體外，練習面對藏在他身體裡，我遺傳給他的困境。

因為過敏而吸到肚子裡的沙石，在我心裡堆出一座城，即使刮過多少時間的風沙，只流鼻水，不流眼淚，整座城悄然無聲。

如果他也將有一座過敏之城，我要住進去，當我們想要打噴嚏的時候，就效仿他小時候那樣高聲不失真，讓整座城為我們震動。

【特別企劃】

最重要的人生同伴——給妻子的真摯提問

【特別企劃】

最重要的人生同伴——給妻子的真摯提問

問：「先生活得越來越青春，日日和兩名幼兒嬉鬧。總有一天，他會變成與兩個小孩同年。」在你的臉書上看到這句話。你並曾寫「當幼兒園老師是多麼開心的一件事」。生活、工作皆與孩子為伴的你，怎麼看身邊這位越活越青春的同伴，與書裡忐忑成長的他？

妻：有了孩子後，他也和孩子一起重新長大。他們一起唱兒歌、玩拼圖、騎腳踏車、追逐嬉鬧。

謝謝孩子們讓爸爸有機會補足他成長中缺少的部分。

身為媽媽、又是幼兒園老師，可以陪伴孩子成長真的很幸福。因此，我也試著不去看他成人的身軀，而是蹲下與他心中的孩子同高，傾聽他的需求，我發現自己得到更多了。

問：在〈濕氣〉文中，「我知道她不會自己離開，她會找到這裡」道盡相信與篤定。

〈洋紫荊開花〉則有這一段：「如果只有我，就只會複製出另一個我，還好有妻子。她來自另一個家庭。」

爸爸缺席、媽媽與外婆耳提面命「男人不值得信任」，如今即使已成兩個孩子的父親，對於從己身所出的種種，他仍是滿滿憂心，但還好有妻子，令他安心。

對此，你自己是怎麼想的呢？

妻：沒有安全感或許是對自己缺乏自信的一種表現，不相信有人會愛著他

不離開。可能剛好我證明了自己並非如此，所以他才如此信任我。家人間的安全感是互相的，他現在也是我們全家的定心丸，我們相互依附。

問：〈是我的美〉宛如深濃的父愛剖白，在描寫女兒之餘，他也寫道：「聽說女兒是前世情人，我覺得她更像是前世的我。」「有人說，爸爸都特別寵愛女兒，或許因為每個爸爸心中都有一個來不及長大的小女兒。」由於陪伴女兒，身為父親也終於能理所當然地愛漂亮，那是他從年輕時，被媽媽及周遭眼光所否定、壓抑的。從母親、妻子、女性的角度，你如何看他的「愛美」？

妻：或許因為成長過程被壓抑，所以擁有自己的經濟能力後，他就能盡情地愛美。

他有自己的一套準則：身體必須保持香氛、鼻毛不能跑出來、衣物一個月內不會重複、無法忍受嘴巴有異味……等。

他特別喜愛買衣服，當了爸爸之後，愛屋及烏，也熱衷於打扮兩個孩子。

我欣賞他愛美的熱情。愛美是他愛自己的方式，希望他好好愛自己。

問：散文集《雲端的丈夫》、《成為男人的方法》與短篇小說集《歡迎來我家》，皆圍繞著家庭書寫。

他並寫道：「妻子一定是我第一個讀者……常常在某個家事的夾縫間，突然拋出評價。」

身為重要的第一號讀者，有時甚至成為他筆下的主角，看他的小說、散文，在你心裡激盪出什麼感受？

妻：他是一個心思極度細膩又敏感的人，但是不愛用口語表達。透過書寫，他可以整理自己的思緒。

有些在我心中疑惑的事，可以從他的文章中猜出一些端倪，就像在看

心理測驗解析一樣。

有時在看完後滿是心疼，想好好抱著他，不過千萬別表現出來，他不愛那種自以為很了解的模樣。

問：有沒有什麼話語，是你想聽，先生卻未曾、或者極難得對你說的呢？

妻：他很少說「對不起」。

印象最深刻的是我剖腹生完女兒，麻醉藥退了之後，痛到全身發抖時，他真誠地握住我的手說過一次：

「對不起，讓你這麼痛。」

平時他可能認為我心裡會自動明白他做錯了，所以不用道歉也沒關係吧！

問：這本書裡的十二歲男孩，請你現在對他說一句話，你會說什麼？

妻：謝謝你這麼堅強長大。別再逞強、別再壓抑，辛苦了。

（不用擔心，再過十八年，你會娶到一個好老婆，有一雙可愛的兒女！）

國家圖書館預行編目資料

成為男人的方法／沈信宏著. --初版. --臺北市：寶瓶文化事業股份有限公司, 2021.9,
面； 公分. --(Island；310)

ISBN 978-986-406-246-1(平裝)

863.55 110008538

Island 310

成為男人的方法

作者／沈信宏

發行人／張寶琴
社長兼總編輯／朱亞君
副總編輯／張純玲
資深編輯／丁慧瑋　編輯／林婕伃
美術主編／林慧雯
校對／丁慧瑋・林俶萍・張純玲・沈信宏
營銷部主任／林歆婕　業務專員／林裕翔　企劃專員／李祉萱
財務主任／歐素琪
出版者／寶瓶文化事業股份有限公司
地址／台北市110信義區基隆路一段180號8樓
電話／(02)27494988　傳真／(02)27495072
郵政劃撥／19446403　寶瓶文化事業股份有限公司
印刷廠／世和印製企業有限公司
總經銷／大和書報圖書股份有限公司　電話／(02)89902588
地址／新北市五股工業區五工五路2號　傳真／(02)22997900
E-mail／aquarius@udngroup.com

著作完成日期／二〇二一年四月
初版一刷日期／二〇二一年八月三十一日

ISBN／978-986-406-246-1
定價／三三〇元

高雄市政府文化局2019書寫高雄文學創作獎助計畫。

愛書人卡

感謝您熱心的為我們填寫，
對您的意見，我們會認真的加以參考，
希望寶瓶文化推出的每一本書，都能得到您的肯定與永遠的支持。

系列：Island 310 **書名：成為男人的方法**

1.姓名：＿＿＿＿＿＿＿＿＿＿ 性別：□男 □女

2.生日：＿＿＿年＿＿＿月＿＿＿日

3.教育程度：□大學以上 □大學 □專科 □高中、高職 □高中職以下

4.職業：＿＿＿＿＿＿＿＿

5.聯絡地址：＿＿＿＿＿＿＿＿＿＿＿＿＿＿＿＿＿＿＿＿＿＿＿＿

聯絡電話：＿＿＿＿＿＿＿＿＿＿ 手機：＿＿＿＿＿＿＿＿＿＿

6.E-mail信箱：＿＿＿＿＿＿＿＿＿＿＿＿＿＿＿＿

□同意 □不同意 免費獲得寶瓶文化叢書訊息

7.購買日期：＿＿＿年＿＿＿月＿＿＿日

8.您得知本書的管道：□報紙／雜誌 □電視／電台 □親友介紹 □逛書店 □網路 □傳單／海報 □廣告 □其他

9.您在哪裡買到本書：□書店，店名＿＿＿＿＿＿ □劃撥 □現場活動 □贈書

□網路購書，網站名稱：＿＿＿＿＿＿＿ □其他＿＿＿＿＿＿

10.對本書的建議：（請填代號 1.滿意 2.尚可 3.再改進，請提供意見）

內容：＿＿＿＿＿＿＿＿＿＿＿＿＿＿

封面：＿＿＿＿＿＿＿＿＿＿＿＿＿＿

編排：＿＿＿＿＿＿＿＿＿＿＿＿＿＿

其他：＿＿＿＿＿＿＿＿＿＿＿＿＿＿

綜合意見：＿＿＿＿＿＿＿＿＿＿＿＿＿＿＿＿＿＿＿＿＿＿＿＿＿＿＿＿＿＿

11.希望我們未來出版哪一類的書籍：＿＿＿＿＿＿＿＿＿＿＿＿＿＿＿＿＿＿＿

讓文字與書寫的聲音大鳴大放

寶瓶文化事業股份有限公司